Mobbing
und die tödlichen Konsequenzen

Hubert Berger

Mobbing
und die tödlichen Konsequenzen

Roman

—————————————————

Impressum

1. Auflage

Umschlaggestaltung: Marius Moll
Titelbild: Berger Verlag / dundanim - Fotolia.com

Herstellung und Verlag:

BoD - Books on Demand GmbH, Norderstedt

ISBN: 9783734796586

www.sportberger.net

Diese Geschichte ist frei erfunden. Ähnlichkeiten mit Praktiken in manch anderem Unternehmen sind rein zufällig und nicht beabsichtigt, aber unvermeidlich.

Vorwort

Mobbing entwickelt sich immer rasanter zur Geißel unserer gegenwärtigen Zivilisationsgesellschaft. Dieser aufgrund der großen Betroffenheit der Opfer zwangsläufig sehr emotionale Roman entstand nach zahlreichen Gesprächen mit den Leidtragenden in den verschiedensten Firmen, Behörden und Betrieben.

In allen Volksschichten und Ständen unserer Industriegesellschaft breitet sich dieses destruktive Fehlverhalten aus wie ein bösartiges Krebsgeschwür.

Unabhängige Studien (Fallanalysen) und Recherchen in diversen Regionen Deutschlands offenbaren die Zunahme dieser perfiden Art der Erniedrigung vieler Mitmenschen.

Diese geheime Volkskrankheit spielt sich in fast allen Fällen in der Anonymität ab.

Was sind die Motive dieser Mobingterrorbanden?

Welche Persönlichkeitsdefizite müssen diese Typen kaschieren?

Es ist Zeit, insbesondere desgleichen diese Form von Gewalt zu stoppen. Diesem Psychoterror Einhalt zu gebieten erfordert aber auch Zivilcourage.

Selbstkritisch müssen wir uns hinterfragen ob wir als Mitglied dieser Gesellschaft über genug Solidarität, Mut und Moral verfügen andern Beistand zu leisten.

Benno Troll erwachte mit einem Schrei und vollkommen nassgeschwitzt in seinem Bett. Schlaftrunken kämpfte er mit der Wahrnehmung. Hatte er das alles erlebt oder hatte er diese schlimme Geschichte nur geträumt?

Es muss ein Traum gewesen sein, so dachte er, denn so etwas kann man doch gar nicht erleben. Immer noch durcheinander und von großen Zweifeln befallen, verließ Benno sein völlig verschwitztes Bett und taumelte in das Bad.

Beim Vorbeigehen nahm er die Uhrzeit seines Radioweckers gar nicht richtig wahr, der in großen gelben Zahlen eine Drei und zwei Nullen zeigte. Kalt, warm, kalt, warm, so ließ sich Benno vom Duschkopf quälen. Nach zehn Minuten drückte er den Mischhebel auf „Aus" und verließ das Bad, ohne sich abzutrocknen.

Es war ein Traum, na klar, was denn sonst. So machte er sich wieder Mut und versuchte, das Ganze zu verdrängen. Das Erkennen, dass es ein Traum war, gelang ihm nach dem ersten Schock ganz gut. Nur das Geträumte zu verarbeiten, das, ja, das war eine schwere Hypothek und würde noch eine geraume Zeit sein Innenleben belasten.

In der Nacht gelang es ihm nicht mehr, seine Augen zu schließen. Viel zu aufgekratzt waren seine Gedanken, viel zu groß die Angst vor einer Wiederholung dieses Alptraumes. Benno lebte seit zwei Jahren alleine in seiner Vierzimmerwohnung, die er vor über zehn Jahren gemeinsam mit seiner mittlerweile geschiedenen Frau Bettina erworben hatte. Sie hatte ihn verlassen, weil er keinen Tag vor neunzehn Uhr von der Arbeit nach Hause kam.

Die Trennung und die immer häufiger werdenden Alpträume ließen in Benno einen Entschluss reifen, der seinem Leben, das fast ausschließlich von Arbeit geprägt war, eine entscheidende Wende geben sollte. Denn noch einmal so einen Traum würde er nicht mehr verkraften. Zwei weitere Dreier leuchteten mittlerweile im Display des Radioweckers, während er seinem Problem auf den Grund ging. „Ich hasse ihn! Ich hasse ihn!" Mit diesen Worten, die er lautstark herausschrie, hatte er seinen Chef Doktor Motzen eindeutig als Urheber seiner enormen Schwierigkeiten erkannt. In Bennos Augen hatte Doktor Motzen ihn in den letzten acht Jahren gemobbt, gedemütigt und keine Möglichkeit ausgelassen, ihn vor seinen Kollegen in ein schlechtes Licht zu rücken.

Benno Troll war allein, er hatte niemanden, dem er sich auf irgendeine Weise anvertrauen konnte. Welche Mittel hatte er, mit dem nicht mehr auszuhaltenden Druck umzugehen? Spontan schoss ihm ein Gedanke in den Kopf, der seinem Leben, aber auch dem seines Peinigers eine dramatische Wende geben sollte. In diesem Moment erkannte Benno Troll seine aussichtslose Situation und versuchte, aus dieser starken Umklammerung herauszukommen.

◆ ◆ ◆

Ihm waren die Hände gebunden, er hatte jetzt keine Kraft mehr in sich, um sich Erleichterung zu verschaffen. Benno Troll war jetzt soweit, seinem Leben ein Ende zu setzen. Die normalen Mechanismen, die seinem Leben immer wieder einen Grund gaben, weiter zu kämpfen, wurden zunehmend schwächer, und der tägliche Büroterror tat ein Übriges. Sein Problem war das Wie! „Wie mache ich es eigentlich", fragte er sich fast erschrocken. Noch konnte er keine Antwort darauf geben, aber seine Gedanken sprangen wild in ihm herum und brachten einige kuriose Vorschläge zutage. Doch allein die Vorstellung, sich mit einem Strick aufzuhängen oder von einer Brücke in die Tiefe zu springen, stellte sein Vorhaben wieder zur Disposition.

„Ich bin jetzt schon zu schwach, um meinem jämmerlichen Leben ein Ende zu bereiten!" Diese neue Erkenntnis zog ihn noch weiter in die Hoffnungslosigkeit. In dieser aussichtslosen Lage meldete sich Benno Trolls emotionale innere Stimme, die die letzten Reserven mobilisieren und seine Gedanken noch einmal in die Vergangenheit lenken konnte.

Das Sitzen auf seiner Eckbank konnte nicht verhindern, dass ihm die Augen zufielen, und so versank er langsam in eine kurze Schlafphase, in der sich die Tür zur Vergangenheit einen kleinen Spalt öffnete und Benno Erlebnisse aus einer Zeit erschienen, in der ihm das Leben noch Freude gemacht hatte und in der er für sich noch eine wundervolle Zukunft gesehen hatte.

Das Amt des Personalratsvorsitzenden hatte Benno Trolls Berufsalltag immer wieder aufs Neue belebt. In dieser Tätigkeit konnte er all seine sozialen Grundsätze zum Allgemeinwohl hervorragend einbringen. Er war bei der gesamten Belegschaft anerkannt und dieses Vertrauen war für ihn wichtiger als jede Gehaltserhöhung.

Mit großer Wehmut erinnerte er sich an seinen letzten Auftritt in dieser Stellung, die er nach einer so langen Amtszeit freiwillig aufgegeben hatte, um noch einmal in seinem alten Aufgabengebiet Fuß zu fassen. Und dabei hatte er sich doch so auf das neue, alte Aufgabengebiet gefreut. Denn sich wieder an seiner alten Wirkungsstätte einzubringen, war schließlich der Hauptgrund für ihn gewesen, seine Funktion als Personalratsvorsitzender abzulegen. Spontan erinnerte er sich an den Schluss dieser letzten Rede. Benno war ein guter Redner und brachte viel Herzblut und Leidenschaft in seinem Vortrag unter. Das Hemd nassgeschwitzt und innerlich hochzufrieden, hatte er seinen Vortrag mit den Worten beendet: „Liebe Kolleginnen und Kollegen, meine Herren der Geschäftsleitung, vielen Dank für Ihre Aufmerksamkeit." Tosender Beifall hatte schnell die leicht stickig riechende Werkshalle erfüllt, und mit etwas Wehmut hatte er seinen letzten öffentlichen Auftritt genossen.

 Die 18 Jahre, die er als Betriebsratsvorsitzender tätig gewesen war, hatten sein Leben doch enorm geprägt. Aber jetzt war Schluss damit, er ging wieder zurück an seine alte Stelle als Verwaltungsangestellter. Benno war ein Mensch, der aufgrund seines anerzogenen Gerechtigkeitssinnes vielen Kolleginnen und Kollegen in schwierigen Situationen zur Seite gestanden hatte und eigentlich immer helfen konnte.

Durch diese Einstellung und seine persönliche Art war er bei den meisten Mitarbeitern sehr beliebt und auch geachtet. Den Entschluss, als Vorsitzender des Betriebsrates zurückzutreten, hatte er in Übereinstimmung mit seiner Frau Bettina gefasst, die auch wieder mehr von ihrem Mann haben wollte.

Wegen der vielen Sitzungen, die oft am Abend nach der Arbeit stattfanden, war die gemeinsame Freizeit der beiden sehr eng bemessen.

Auch das jahrelange Schlichten, das Kompromisse-erzielen-Müssen und das Streiten um viele belanglose Dinge hatten bei ihm eine gewisse Sättigung hervorgerufen. Mit viel Freude sah er seiner neuen Zukunft entgegen. Etwas unsicher, aber sehr optimistisch kam er am nächsten Morgen zur Arbeit und meldete sich bei seinem Vorgesetzten Herrn Stein. Er kannte Herrn Stein von seiner Tätigkeit als Betriebsrat. Stein war ein Mensch, der in der Öffentlichkeit immer etwas zurück-stand und seine Fähigkeiten mehr in vertraulichen Gesprächen mit Kollegen über Dritte einbrachte. Diese Fähigkeit hatte Vorteile: Zum einen war Herr Stein immer gut informiert und zum anderen brauchte er sich bei umstrittenen Entscheidungen nie die Finger schmutzig zu machen.

Nach einer kurzen Begrüßung begleitete Stein Benno an seinen neuen Arbeitsplatz, ein schlicht eingerichtetes Büro mit nur einem Fenster und zwei Schreibtischen, und stellte ihn seinem neuen Kollegen Ossi Brück vor.

‚Das ist jetzt also meine neue Heimat', dachte Benno und fing sogleich an, Fragen an Brück zu stellen. Das Aufgabengebiet, das er ab sofort mit ihm zu bearbeiten hatte, umfasste den organisatorischen Ablauf eines bestimmten Produktsegments. Die Aufgabenstellung war sehr umfangreich und es dauerte geraume Zeit, bis sich Benno an die komplexen Abläufe gewöhnen konnte. Durch die intensive Zusammenarbeit und seine langjährige Betriebszugehörigkeit, einige Abläufe waren Benno durchaus bekannt, erarbeiteten sich die beiden eine Selbstsicherheit, die sie auch jeden Tag brauchten, um ihren Job professionell ausüben zu können. So überstand Benno das erste halbe Jahr recht gut und freute sich auf seine Zukunft.

Die Aufmerksamkeit, die er als Vorsitzender des Betriebsrats lange genossen hatte, ließ nun langsam nach, ohne dass dies Benno groß störte.

Er war jetzt wieder ein Mitarbeiter, der pünktlich nach Hause kam, der sich um keine Probleme mehr zu kümmern hatte und der den Kopf jetzt frei hatte, um seiner neuen Aufgabe am Arbeitsplatz gerecht zu werden. Die Abende mit seiner Frau Bettina waren wieder intensiver geworden und das Privatleben hatte den gewünschten Schwerpunkt in seinem Leben bekommen. „Es war eigentlich wunderbar", sagte er leicht verträumt zu sich, als er in der Küche vor der halbvollen Kaffeetasse saß und den lauwarmen Kaffee schnell austrank. Benno blickte auf die Bilder, die auf einem kleinen Regal standen, Bilder mit seiner Frau aus glücklichen Tagen.

◆ ◆ ◆

Auffallend war, dass er in ihren beiden Gesichtern immer ein Lächeln erkennen konnte. Die Erinnerung kehrte schnell zurück. 1 2 der Urlaub in Süditalien, in Kalabrien, wo sie beide in einer kleinen verträumten Bucht engumschlungen im Sand lagen und das Leben noch richtig genießen konnten.

Das kleine Hotel, umgeben von schönen Pinienwäldern, in denen man stundenlang Spazierengehen konnte, ohne müde zu werden. „Tja", seufzte Benno etwas wehmütig, das war noch Leben, intensives Leben.

Auch das Bild vom Bayerischen Wald und das Bild von der Mittelmeerkreuzfahrt brachten in ihm die gleichen Gefühle hervor. Bettina, seine große Liebe, die er vor zweiundzwanzig Jahren geheiratet hatte, war seine Traumfrau gewesen, mit der er wunderbare Jahre verbringen durfte und mit der er gerne gemeinsam alt geworden wäre. Sie hatte sein Selbstwertgefühl enorm gestärkt und an ihrer Seite hatte ihn eine wohltuende Sicherheit umgeben, die er auch gerne nach außen zeigte. Der Blick, der immer noch auf die Bilder gerichtet war, verlor langsam an Schärfe und die Gedanken an die

Gegenwart brachen wieder hervor. Warum war diese wunderbare Verbindung zerbrochen? Warum? Warum?

Nur langsam fand er wieder den Faden zur Vergangenheit. Er versuchte, den ersten Missklang in ihrer Beziehung zu finden, ohne einen konkreten Ansatz zu haben.

In seiner Zeit als Betriebsratsvorsitzender war er gesellschaftlich überall vertreten. Der Bekanntenkreis war sehr groß und man hatte in regelmäßigen Abständen immer Treffen mit vielen Bekannten. Das Leben hatte seine eigene Dynamik. Man wurde in der Kleinstadt gesehen und man sah auch die Gesellschaft, in der man sich mittlerweile ganz gut bewegte.

Durch den Verzicht auf die erneute Wiederwahl hatte Benno seinen gesellschaftlichen Abstieg selber eingeleitet. Was ihm zu diesem Zeitpunkt nicht bewusst gewesen war, war die Tatsache, dass man in der Öffentlichkeit nicht ihn, sondern nur seine Position anerkannte. Der Titel konnte seinen Freunden helfen, ohne den Titel war er nur noch einer von vielen Sachbearbeitern eines mittelständischen Unternehmens.

Die Einladungen blieben aus, Leute, die ihn immer sehr freundlich gegrüßt hatten, schauten jetzt auf die andere Straßenseite, und allmählich erkannte Benno seine neue Situation. Er konnte damit umgehen, nur Bettina hatte damit ihre Probleme, denn im gleichen Umfang wurde aber auch die Person der ehemaligen „Frau Personalratsvorsitzender" immer uninteressanter.

Sie arbeitete in der Stadtsparkasse als Halbtagskraft und kannte die Vorgänge in der Stadt ganz gut. Da sich immer viel Prominenz in dem Geldinstitut aufhielt, war automatisch auch der Kontakt zu den Personen vorhanden. Nachdem ihr Mann keinen Titel mehr hatte, spürte sie sehr schnell, dass auch sie vom Bürgermeister, vom Apotheker und selbst vom Herrn Pfarrer nicht mehr angesprochen wurde. Auch die oft eindeutigen Angebote des in Scheidung lebenden Schuldirektors wurden seltener.

Um es auf einen Nenner zu bringen: Das Leben von Bettina war jetzt wieder vom tristen Alltagsleben geprägt. Auch die vielen kleinen Aufmerksamkeiten, die ihr von verschiedenen Seiten erwiesen worden waren, fielen nach und nach weg.

Innerhalb nur eines Jahres verabschiedeten sich beide aus der gutbürgerlichen Oberschicht in die Bedeutungslosigkeit der Allgemeinheit.

Innerlich belastet, verschwanden Bennos Gedanken, und er kehrte wieder in die Realität zurück.

Das Nachtprogramm des Süddeutschen Rundfunks spielte gerade den Song von Udo Jürgens vom Ehrenwerten Haus, als es Benno etwas kalt wurde und er sich eine Weste aus der Garderobe holte. Beim Zuknöpfen zitterten seine Finger noch so heftig, dass er eine geraume Zeit brauchte, um alle Knöpfe zu schließen. Das anschließende Anzünden einer Zigarette gestaltete sich ähnlich schwierig und nur nach mehrmaligem Versuch brachte er sie zum Brennen.

Heftig und kurzatmig zog er drei-, viermal an dem Glimmstängel. So langsam kam bei ihm jetzt das Gefühl einer fremden Sicherheit auf, die seinen Puls wieder auf

Normalmaß herunterbrachte. Erst jetzt war er in der Lage, sich einen weiteren Kaffee zu machen. Nachdem Benno den ersten Schluck getrunken hatte, schlich sich erneut ein Gefühl bei ihm ein, das sein Innenleben auf eine Art belastete, die er selbst nicht beschreiben konnte. Es kam lautlos herangeschwebt wie eine dicke Nebelwand, nahm ihm fast den ganzen Atem und brachte auch seinem Körper eine Schwere bei, die er bis dahin nicht kannte. In dieser Phase kam bei Benno sehr schnell eine Panik auf, mit der er nicht umgehen konnte und die er nur durch Schmerzen, die er sich selbst zugefügt hatte, und durch lautes, fast hysterisches Schreien beenden konnte. In diesem Zustand, der früher nur gelegentlich auftrat, befand er sich jetzt wieder.

Die Kraft, die er brauchte, um dagegen anzukämpfen, war eigentlich nicht mehr vorhanden, da er in der letzten Zeit sehr viel davon bereits verbraucht hatte. In sich gekauert lag er auf der Eckbank, krümmte sich und versuchte dieses Gefühl wieder loszuwerden. So lautlos und schnell, wie es gekommen war und den Besitz über Ben-nos Psyche übernommen hatte, so beharrlich und quälend belagerte es jetzt sein Innenleben.

Hilflos war er der Situation ausgeliefert. Laufend traten schlechte Erinnerungen in seine Gedanken, die wie Meereswellen in unregelmäßigen Abständen sein Seelen-leben bis aufs letzte reizten. Kurz gesagt:

Die ganze Welt war gegen Benno Troll. Nach gefühlten zehn Minuten ließ diese Schockwelle etwas nach und er konnte sich ganz langsam wieder normalisieren. Seine Gedanken schweiften in dieser Phase wieder in die

Vergangenheit ab. Bettina, ja, Bettina, warum ging es mit uns beiden auseinander?

Diese Frage belastete Benno noch immer sehr. Das Schlimme an der Frage war, das Benno es bis zum heutigen Tag gar nicht richtig begriffen hatte.

Er konnte den langsamen Verlauf des Auseinanderlebens nicht erkennen, da er sich mit so viel anderen Dingen befassen musste. In erster Linie war da sein Arbeitsplatz mit der neuen Aufgabe. Die Aufgaben waren sehr interessant und der Umfang seiner Tätigkeit passte sich dem hohen Niveau an. Er arbeitete sehr genau und gewissenhaft. Angriffspunkte an seinem Job waren zur Genüge vorhanden. Benno war in seinem Bereich für alles zuständig. Vom Materialeinkauf bis zur Maschineneinteilung, vom Kundenkontakt bis zum Versand der fertigen Güter.

Zum Beispiel müsste er immer genügend Material bevorraten lassen, wurde aber auch für den zu hohen Materialbestand zur Verantwortung gezogen. Diese tägliche Herausforderung belastete ihn enorm.

Zudem änderte sich auch der Umgangston. War in der Zeit seiner Betriebsratstätigkeit nie ein lautes Wort zwischen ihm und Doktor Motzen gefallen, so änderte sich dieser Zustand jetzt sehr schnell. Die Achtung, die beide über ein Jahrzehnt vor dem anderen entwickelt hatten, ließ von Seiten des Herrn Doktor Motzen in kürzester Zeit spürbar nach.

Die Gespräche am Telefon, die Benno jetzt über sich ergehen lassen musste, waren meist unsachlich, aggressiv und sehr laut. Kleinigkeiten, die eigentlich kaum der Rede wert gewesen wären, wurden hochgespielt und auch Dritten gegenüber ins Gespräch gebracht.

Auch hörte Benno von anderen Kollegen, das man ihn in verschiedenen Gesprächsrunden mehrmals negativ erwähnte. In diesen Diskussionen wurde er immer mehr für Dinge verantwortlich gemacht, die er eigentlich gar nicht zu verantworten hatte.

Weil diese Gespräche stets ohne ihn stattfanden, gab es für Benno keine Möglichkeit, sich zu verteidigen. Die Zuhörer waren Abteilungsleiter und auch Personen der Meisterebene. Da in dem Unternehmen nur die Stimme von Doktor Motzen zählte, war klar, dass aus diesem Kreis keine Entlastung für Benno zu erwarten war. Im Gegenteil, war einem der mittleren Führungskräfte ein Fehler unterlaufen, so bemühten sie sich, ihn Herrn Troll zuzuschreiben. Da dies niemand hinterfragte und Benno gar nicht wusste, das hinter seinem Rücken eine weitere Verleumdung abgelaufen war, wurde alles für bare Münze genommen.

Überhaupt gab es bei Diskussionsrunden mit Doktor Motzen nie eine Stimme, die in irgendeiner Weise eine Kritik an seiner Person oder an dem, was er gerade gesprochen hatte, einbrachte. Alle Anwesenden waren sehr bemüht, ihrem Chef zu huldigen, und übertrafen sich gegenseitig, ihm zu imponieren.

Aus dieser Situation wieder herauszukommen, war eigentlich gar nicht möglich. Innerhalb eines knappen Jahres war aus Benno Troll ein Sachbearbeiter geworden, der bei seiner täglichen Arbeit immer nur dem Gegenwind seines schlechten Images begegnete.

◆ ◆ ◆

Durch seine engagierte Betriebsratsarbeit hatte Benno oft Verstöße der Vorgesetzten gegenüber ihren Mitarbeitern auf seine Weise aufgeklärt und den Betroffenen meistens helfen können. Auch bei Einschnitten seitens der Firma gegenüber den Mitarbeitern hatte Benno mit großem Engagement gekämpft, um das Ganze in Grenzen zu halten.

Sein Problem war, das die Meisterebene und die Geschäftsleitung seine Arbeit als Betriebsratsvorsitzender nicht von seiner neuen Tätigkeit trennen konnten und ihm jetzt übel mitspielten. Saß er vor einem Jahr bei der Weihnachtsfeier noch als gefragter Gesprächspartner am Tisch der Geschäftsleitung, so war es diesmal ganz anders. Etwas abseits und weit weg vom Tisch der gehobenen Führungsschicht teilte sich Benno einen Tisch mit Kollegen, die ebenfalls keine große Lobby hatten.

Selbst seine früheren Betriebsratskollegen vermieden es, sich mit Benno zu unterhalten. An erster Stelle stand da der Kollege Peter Trom, den Benno als seinen Nachfolger herangezogen hatte. Der neue Betriebsratsvorsitzende Trom war kein Kind von Traurigkeit. In

21

seiner Zeit als normaler Arbeiter war er mehrmals abgemahnt und sogar zur Entlassung vorgeschlagen worden.

Nur durch ein überzeugendes Auftreten von Benno hatte man den Kollegen Trom in der Firma halten können. War es Benno in erster Linie um seine Kollegen gegangen, so sah Black, wie Trom sich selber nannte, sein Amt ganz anders.

Zuerst kam er, und wenn dann noch etwas übrigblieb, kamen seine zu betreuenden Mitarbeiter zum Zug. Black und Doktor Motzen verstanden sich ausgezeichnet.

Beide waren sogenannte Alphatiere, jeder auf seine Weise, und da jeder nur auf seinen Vorteil achtete, stand einer erfolgreichen Zusammenarbeit nichts mehr im Wege. Doktor Motzen konnte seine Forderungen jetzt viel einfacher durchsetzen.

In der Regel sah es so aus, dass Erleichterungen und gewisse Privilegien langsam abgebaut wurden.

Das Interesse von Black lag mehr bei seiner Person, und so ließ er sich die Einschnitte, die seine Kollegen jetzt schlucken mussten, gutschreiben.

Obwohl er aus einfachen Verhältnissen stammte und auch keine abgeschlossene Berufsausbildung hatte, bekam er eine Tätigkeit im mittleren Management. Finanziell stufte man ihn so ein, das auch in der Zukunft kein großer Widerstand von ihm zu erwarten war. Durch die Einschnitte, die jetzt nach und nach eingeführt wurden, gab es einige kritische Stimmen, die aber keine große Tragweite hatten und auch schnell wieder verstummten, da man den Kollegen ganz klar zu verstehen gab, das sich die Situation jetzt doch etwas geändert hatte.

Benno litt am meisten unter den Ungerechtigkeiten, die ihm und seinen Kollegen zugemutet wurden.

Er hatte keine Möglichkeiten mehr, sich dagegen-zu stemmen. Dieses Nichts-dagegen-tun-Können belastete sein Innenleben sehr. Benno hätte es sich nie vorstellen können, einmal in so eine hilflose Situation zu geraten. Aber so ist das Leben.

Die Geschäftsleitung und der Betriebsrat beschlossen gemeinsam, dass jeder Mitarbeiter in der Woche drei Stunden mehr arbeiten musste, ohne Lohnausgleich.

Auf Grund der schlechten wirtschaftlichen Gesamtsituation willigte ein großer Teil der Belegschaft ein, den Mehraufwand ohne Bezahlung zu leisten.

Die Kollegen, die diese Vereinbarung nicht unterschrieben, wurden dann mit der berühmten Salamitaktik bearbeitet. Durch Androhung diverser Aktionen gewann man weitere Mitarbeiter, die sich denen anschlossen, die bereits in der ersten Runde ihr Ja gegeben hatten. Benno gehörte zu den wenigen Mitarbeitern, die sich den mittlerweile massiven Androhungen noch nicht gebeugt hatten. Zugegeben, mit der starren Haltung verbesserte Benno seine ohnehin schlechte Situation nicht unbedingt. Da aber er und die anderen sich ungerecht behandelt fühlten, blieb es bis auf weiteres dabei, das die knapp hundert Kollegen keine unentgeltliche Mehrarbeit leisteten. Benno schwenkte wieder in die Realität zurück, er verspürte einen leichten Druck in seiner Blase, die sich durch das Trinken von mehreren Tassen Kaffee mittlerweile gefüllt hatte. Beim Aufstehen knickte er um, da sein Fuß durch das lange Kauern eingeschlafen war und er kein Gefühl mehr spürte. Am Boden sitzend, kam durch extremes Kribbeln wieder die Wahrnehmung seines Fußes zurück.

Er stand auf und lief leicht unrund zur Toilette, um den inneren Druck, der sich jetzt noch verstärkt hatte, zu entladen. Nachdem er auf der Brille Platz genommen hatte, seine Exfrau Bettina hatte ihm das Sitzen darauf durch oftmalige Ansprache regelrecht angeordnet, verspürte er zumindest jetzt ein Gefühl der Befreiung.

Er genoss die Situation und wünschte sich, das dieser Zustand noch lange anhalten möge.

Doch durch das Drücken der Spülung beendete er seinen nächtlichen Toilettenaufenthalt. Aus dem Badschrank holte er sich jetzt noch zwei Schlaftabletten, die ihm endlich einen ruhigen Schlaf garantieren sollten. Drei Uhr vierundfünfzig stand auf dem Radiowecker, als Benno allmählich seine Augen wieder schließen konnte.

Er glitt wieder ganz langsam in seine Traumwelt ein. Gedanklich befasste er sich mit positiven Erinnerungen, was auf sein Gemüt auch eine gewisse Leichtigkeit übertrug. Benno gelang es eigentlich immer ganz gut, mit positiven Erlebnissen die Ruhephase zu beginnen.

Er schweifte mit seinen Emotionen und seiner angeregten Phantasie sehr weit in die Vergangenheit zurück und konnte sich auch noch an viele Details aus seiner Kindheit erinnern.

Diese Schlafphase brachte Benno am meisten Entspannung und Seelenfrieden. Doch wie auch in den vorangegangenen Nächten ereilte ihn wieder und wieder diese lautlose, beklemmende, nebelartige Verschleierung, die ihm immer die Luft zum Atmen nahm und in seinem Körper einen Adrenalinausstoß einleitete. In Bruchteilen von Sekunden war er wieder wach, hellwach, und er hatte auch das beklemmende Gefühl dieser großen Hilflosigkeit sofort wieder in sich.

Ja, der Stachel saß tief. Er musste weinen, er zitterte, er verlor seine eigene Achtung sich selbst gegenüber und versank erneut in einen fast lähmenden und kraftlosen Zustand, in dem er mittlerweile nur noch sinnierte.

Seine Gedanken, die er jetzt nicht mehr lenken konnte, ergriffen ihn mit einer Normalität, die ihm keinen Unterschied mehr anzeigte, ob er schlief oder ob er sich in der Realität befand. Und der Zustand und diese Ohnmacht brachten ihn immer mehr zur Verzweiflung und trieben ihn auch fast zum Wahnsinn.

Da stand er wieder groß vor ihm. Doktor Motzen, in seiner Oberlehrerstellung, sein lichtes Haar etwas durcheinander und immer seinen Zeigefinger hebend vor Benno.

„Herr Troll", so sprach er Benno mit lauten Worten im Kreise einer größeren Gruppe an. „Sie haben im Vergleich zu Ihren Kollegen einen viel zu hohen Lagerbestand beim Rohmaterial. Ich erwarte bis vierzehn Uhr Ihre Stellungnahme." Benno und seinen Kollegen war klar, dass man den Lagerbestand keinem einzelnen Bearbeiter zuschreiben konnte, weil das EDV-System es nicht unterscheiden konnte.

Genau diesen Grund nannte Benno etwas später per E-Mail seinem Chef.

Doktor Motzen las die Antwort, griff zum Telefonhörer, wählte Bennos Nummer und attackierte ihn mit einem lauten

„Das ist eine große Frechheit, so eine Ausrede, das ist das allerletzte." Etwas kleinlaut erwiderte Herr Troll, das das keine Ausrede sei und er die Zahlen, die er von ihm bekommen habe, wohl nicht nachvollziehen könne. Den Satz konnte er gerade noch aussprechen, als Doktor Motzen ihn in seiner unnachahmlichen Art zurechtstutzte und auch sofort den Hörer auflegte. Benno war sich keiner Schuld bewusst. Nach dem Gespräch zitterten seine Hände noch eine ganze Weile.

Benno ging der Sache auf den Grund. Am selben Abend blieb er über drei Stunden länger in seinem Büro und erarbeitete sich in vielen kleinen Vorgängen den Materialbestand, der für seinen Bereich tatsächlich aufgelaufen war.

Sehr übermüdet, aber innerlich positiv gestimmt, verglich er seinen Bestand mit dem der anderen. Und siehe da, Bennos Anteil lag bei genau fünfundzwanzig Prozent, und das bei drei Kollegen. Eigentlich hatte er den geringsten Wert, und das beflügelte ihn, trotz der mittlerweile vierzehn Stunden, die er an diesem Tag im Büro verbracht hatte. Auf dem Heimweg dachte er im Auto an den Tag zurück und entschloss sich, am nächsten Morgen diese neue Erkenntnis seinem Chef mitzuteilen.

◆ ◆ ◆

Seine gute Stimmung schwenkte ruckartig ins Missmutige, als er nach dem Öffnen der Tür in das Gesicht seiner Frau Bettina blickte. Diesen Ausdruck kannte er. Die Lippen sehr schmal, den Mund geschlossen und die Augen weit aufgeschlagen. Sie brauchte kein Wort zu sagen, denn Benno wusste Bescheid. Logisch, dachte Benno, als er auf die Uhr schaute und beide Zeiger fast auf der Zehn standen. Er hätte gerade an diesem Abend seiner Frau Bettina so viel zu erzählen gehabt und es hätte ihm auch verdammt gutgetan, wenn er jemanden gehabt hätte, dem er sein kleines Erfolgserlebnis hätte berichten können.

So ging er wieder, wie die letzte Zeit immer mehr, mit einem unguten Gefühl ins Bett. Vor Jahren hatten sich die beiden, auch bei kleinen Streitigkeiten, die sie am Tage miteinander hatten, zumindest am Abend versöhnt und waren eigentlich nie im Zorn ins Bett gegangen.

Nach einer unruhigen Nacht klingelte der Wecker am nächsten Morgen um sechs Uhr laut und erst nach ein paar vergeblichen Schlägen mit der Hand in Richtung Lärm brachte er ihn zum Schweigen.

Nach einem emotionslosen Morgengruß bereitete Bettina das Frühstück vor, nach der gemeinschaftlichen

Morgentoilette saßen sie am Tisch, ohne nur ein Wort zu wechseln. Benno versteckte sich hinter seiner Tageszeitung, in der ihn der Sportteil noch am meisten interessierte.

Bettina las in ihrer Modezeitschrift. Dieser Zustand hat sich in den letzten Jahren immer mehr verstärkt und bei den wenigen Besuchen von Bekannten konnten die beiden ihre Situation nur schlecht vertuschen.

Früher hatte es wenigstens noch einen Abschiedskuss gegeben, der zwar meist etwas flüchtig war, aber doch jedem das Gefühl vermittelt hatte, das sie zusammengehörten. Wortlos stand Benno auf, nahm seine bereits stark abgegriffene Aktentasche in die Hand und verschwand fast lautlos aus der Wohnung. Auf dem Weg zur Arbeit erkannte er das erste Mal bewusst, das seine Beziehung zu seiner Frau eigentlich nicht mehr vorhanden war. Beim Einparken des Autos auf dem Firmenparkplatz erinnerte er sich wieder an seine gestrige erfolgreiche Nachtarbeit. Er konnte jetzt beweisen, das der Vorwurf des Herrn Doktor Motzen wegen des zu hohen Bestandes nicht aufrechtzuhalten war. Fest entschlossen wollte er das sofort nach dem Betreten seines Arbeitsplatzes richtigstellen. Leider bekam er von der Chefsekretärin Frau Sauer keinen Termin, und so behielt er sein Geheimnis noch geraume Zeit für sich.

Im Kollegenkreis wurde der gestrige Tag noch einmal angesprochen und keiner konnte die Reaktion des Herrn Doktor Motzen nachvollziehen.

Eine gewisse Unsicherheit beherrschte alle seine Kollegen, und zu diesem Zeitpunkt wusste nur Benno, dass er nicht den Löwenanteil des Bestandes zu verantworten hatte.

Er behielt das kleine Geheimnis für sich und dachte sich im Innern, das er es zum richtigen Zeitpunkt schon zum besten geben werde. So verging dieser Arbeitstag, ohne das Benno sich gegenüber seinem Chef erklären konnte.

Als es ihm am nächsten Tag gelang, einen Termin bei seinem Vorgesetzten zu bekommen, zeigte Doktor Motzen kein Interesse, zu erfahren, wie hoch der Lagerbestand von Herrn Troll war. Belanglos hörte er ihm zu, als Benno ihm beinahe stolz seine neue Erkenntnis kundtat.

Dieses Ignorieren, ja fast Überhören von Bennos Worten wurde noch mit einer schnippischen Bemerkung verstärkt, und letztlich schickte Doktor Motzen ihn wieder an seinen Arbeitsplatz, ohne ihm eine Antwort zu geben.

Da saß er nun wieder an seinem Schreibtisch und suchte vergeblich nach einer Erklärung, warum sein Chef ihn noch vor zwei Tagen vor seinen Kollegen lautstark angegriffen hatte, dem Thema jetzt unter vier Augen aber überhaupt keine Bedeutung mehr beizumessen schien.

Neben seinen eigenen Belastungen schmerzten ihn mit zunehmender Dauer aber auch die Attacken gegen seinen Neffen Felix. Felix wurde als Auszubildender in einer Zeit eingestellt, als Benno noch Betriebsratsvorsitzender war. Sein Neffe war ein zuverlässiger Lehrling, der seine Aufgaben erfüllte und so kamen keine Klagen an das Ohr von Benno. Die negativen Äußerungen Dritter über die

Leistungen seines Neffen häuften sich erst, als Troll auf eine weitere Kandidatur verzichtete.

Felix bot viele Angriffspunkte, da er ein pubertierender junger Mann war, der das eine oder andere auch mal übertrieb. So hatte er seine Haare gelb gefärbt, einen kleinen Ring in die Lippe gestochen und seinen Oberarm tätowiert. Erschwerend kam hinzu, dass der komplette Ausbildungsstab inzwischen sehr konservativ organisiert war, obwohl es die Ausbilder in jungen Jahren noch selbst gern krachen ließen. Benno kannte auf Grund seiner langen Betriebszugehörigkeit alle Meister der Lehrwerkstatt und so war er über die Wandlung einiger sehr überrascht. „Vor fünf Jahren tranken sie noch täglich sechs Flaschen Bier innerhalb der Arbeitszeit, mittlerweile überwachen und kontrollieren sie das ausgesprochene Alkoholverbot."

Was Benno nicht wusste, Felix aber bald am eigenen Körper verspüren sollte, war die neue Aufmerksamkeit, die ihm jetzt gewidmet wurde. So setzte Abteilungsleiter Stein seine Meister speziell auf ihn an. Die Schublade von Felix Werkbank wurde mehrmals am späten Abend mit einem Nachschlüssel geöffnet und nach Verbotenem gesucht. Bei der Arbeitsvergabe lief es ähnlich ab. Man übertrug ihm meist die Tätigkeiten, die kein anderer machen wollte. Felix konnte sich keinen Reim darauf machen, da ihm eine solch kranke und perverse Denkweise fremd war und so suchte er die Schuld, wenn man von einer solchen überhaupt sprechen konnte, bei sich selbst.

Das Fass endgültig zum Überlaufen brachte die Äußerung von Abteilungsleiter Stein, als ihn Benno nach dem bisherigen Verlauf der Ausbildung seines Neffen ansprach.

"Herr Troll, Ihr Neffe ist der mit Abstand schlechteste Lehrling, den die Firma je ausgebildet hat. Und ich hatte schon viele geistige Tiefflieger!"

Stein ließ Benno einfach mit dieser Aussage stehen und ging davon.

Troll konnte das kaum glauben, da Felix alle Zwischenprüfungen mit der Note Gut abgelegt hatte. Die kommende Nacht verlief sehr unruhig für ihn, da ihn die Worte von Stein tief getroffen hatten.

An ein Einschlafen war gar nicht zu denken. Er fühlte sich diesen Gemeinheiten hilflos ausgesetzt. Benno war noch dazu mit sich selbst so beschäftigt, dass er nichts unternehmen konnte. Er fand keinen Ansatz, dieses krankhafte Verhalten der Führungsebene zu unterbinden, vor allem sein Gerechtigkeitsempfinden war tief getroffen. „Warum greifen die den Jungen an?" Er konnte sich diese Frage selbst nicht beantworten, da auch ihm ein solch beschämendes Verhalten fremd war.

Dennoch stand Bennos Entschluss fest. Er musste neben seiner schwierigen Situation auch die Probleme seines Neffen irgendwie aus der Welt schaffen.

Im Halbschlaf spielte er mehrere Varianten durch, wie er seine Unzufriedenheit beenden könnte, scheiterte aber immer wieder an den kriminellen Energien seiner Peiniger, gegen die er einfach kein Mittel fand.

31

Und so ging diese Nacht ohne Schlaf weiter. Innerlich völlig am Ende und äußerlich wie gerädert stand er auf betrachtete er sich im Spiegel. Er schaute in eine Leere. Obwohl Benno auf Antworten wartete und den Blick fest auf sich richtete, sah er sich einmal mehr hilflos mit der Aussichtslosigkeit seiner Situation konfrontiert. Kein Zeichen, keine Andeutungen und vor allem keine Perspektive. „Warum spielt Doktor Motzen so ein falsches Spiel und beeinflusst das Schicksal meines Neffen so entscheidend?" Felix kommt aus einem funktionierenden Elternhaus, in dem die Moral, die Ordnung und auch das Gerechtigkeitsdenken durchaus vorhanden waren.

Würde Felix die Hintergründe kennen, so würde für ihn eine Welt zusammenbrechen.

Benno verzichtete auf ein weiteres Nachdenken. Keine Antworten gefunden zu haben schmerzte ihn. Er konnte so schnell wohl nicht wieder einschlafen. Benno holte von der Kommode ein Kuvert, aus dem einige Fotos heraus nahm. Diese Bilder stammten von einem Betriebsfest aus der Zeit, in der Benno noch ein engagierter Betriebsratsvorsitzender war. Im Kreise der oberen Führungsschicht fühlte er sich wohl, da er anerkannt wurde und durch seine Position vielen helfen konnte.

„Wie konnte ich mich von denen so hinter das Licht führen lassen?" Gedanklich ging er alle Abteilungsleiter noch einmal durch. Was Benno nicht wusste, waren die vielen falschen Anschuldigungen, die hinter seinem

Rücken in diesem Kreis erhoben wurden und an Doktor Motzens Ohren gelangten. Allen voran inszenierte Emanuel Burschy ein Intrigengebilde, das seinesgleichen suchte.

Einmal veränderte er den Verlauf eines Kundengesprächs so, dass er nicht den verantwortlichen Sachbearbeiter Herrn England, sondern Benno als den Verursacher eines geplatzten fünfstelligen Geschäfts benannte. Herr Burschy zitierte Troll mit den Worten „ Kaufen sie doch Ihre Teile wo sie wollen, aber nicht bei uns!". Das sollte er dem Kunden gegenüber geäußert haben.

Ein Raunen ging anschließend durch die obere Führungsetage. Neben dem Intriganten Burschy wusste Bennos Vorgesetzter Herr Stein genau, dass Benno mit dem Kunden keinen Kontakt haben konnte, da es bei dem umstrittenen Gespräch um den Teilepreis ging. Stein erwähnte das aber nicht, da es ihm an der Fürsorgepflicht und an der Zivilcourage fehlte. Abteilungsleiter Stein war neben Burschy wohl mit der schlimmste Rädelsführer dieser Mobbingterrortruppe.

Häberle, Sikorski und Öfele glänzten aber auch, wenn es um das Wegschauen oder um das Verändern von Tatsachen ging. Von all diesen Dingen bekam Benno nichts mit, obwohl ihm sein Gefühl ein gewisses Unbehagen signalisierte. Diesen hinter seinem Rücken inszenierten Spießrutenlauf spürte Benno am meisten durch eindeutige Gesten, Handlungen und abwertende Blicke. Zuerst noch zurückhaltend, dann aber immer emsiger beteiligte sich der Technische Leiter Van Nielsen an dem Spiel gegen seinen Mitarbeiter.

Van Nielsen war sehr cholerisch veranlagt und erlaubte keinen Widerspruch bei diversen Gesprächsrunden, obwohl er oft neben dem Punkt lag und die Runde sich insgeheim oft über ihn wunderte.

Da er auf Grund seiner Position immer Recht bekam und dies in der Runde bekannt war, nickten alle anderen immer sehr wohlwollend in die Gesprächsrunde hinein. Eine dieser Sitzungen wurde Benno dann auch zum Verhängnis. Beim Thema Materialversorgung erzählte Van Nielsen sachlich und fachlich betrachtet Blödsinn. Die Bevorratung von Rohmaterial für ein bestimmtes Produkt verdreifachte er mit der Begründung, dass dies ein wichtiger Kunde sei und nichts passieren dürfe. Benno war bekannt, dass die Maschinenkapazität nicht ausreichend war und die Maßnahme nur dann Sinn machen würde, wenn man parallel zur Rohmaterialerhöhung eine zweite Fertigungslinie aufbauen würde. Genau diesen fachlich korrekten Gedankengang sprach Benno nach den Ausführungen seines Technischen Leiters in dem Gremium an. Benno holte etwas weiter aus und ohne einen Ansatzpunkt von Kritik brachte er seine fachlich korrekte Meinung vor. Benno konnte jedoch seine Ausführungen nicht zu Ende führen, da ihm Van Nielsen sofort in die Parade fuhr.

„Jetzt reicht`s mir aber!" schrie er zornig, mit einem Gesicht, dessen extreme Röte und weitgeöffneten Poren alle Anwesenden zu sehen bekamen und das der Runde Angst und Schrecken einflößte. Obwohl allen anderen die Idee ihres Kollegen Troll einleuchtete, beteiligten sie sich an der anschließenden Schimpfkanonade. „Ist es endlich bei Ihnen angekommen, Herr Troll!" Diesen Satz unterstrich er mit einem heftigen Stampfen mit den Füßen auf den Boden. „Dann schaffen Sie eben Redundanzen, Sie Einfaltspinsel!"

Benno erkannte zu spät, dass er eine gute Sache, die auch der Firma viel Geld eingespart hätte, zum falschen Zeitpunkt und am falschen Ort angesprochen hatte. Als er dann beim Aufschauen in die Runde blickte, sah er nur Kollegen, die ihrem Chef huldigend zunickten.

Dieser traurige Anblick erinnerte ihn an das Regime in China und die Reaktion der Funktionäre, wenn Mao eine Frage zur Abstimmung gestellt hatte. So endete diese Zusammenkunft mit einem Eklat.

Der Technische Leiter Van Nielsen war wegen der Kritik Trolls so gekränkt, dass er die Abteilungsleiter wenig später noch einmal zu sich zitierte, um gegen Benno vorzugehen.

„Ich möchte diesen Mitarbeiter nicht länger in der Firma haben. Ich möchte, dass Troll uns bald verlässt. Meine Herren, ich bitte um Vorschläge!"

Mit so einer Eröffnung hatte keiner der Anwesenden gerechnet und so war erst einmal großes Staunen und Funkstille angesagt. Personalvorsitzender Tromm, der ebenfalls eingeladen war, erfasste die Lage am schnellsten. Diese Situationen gefielen ihm, hier konnte er sich am besten in Szene setzen. „Benno Troll bringen wir auf Grund seiner langen Betriebszugehörigkeit nicht so einfach weg. Wir müssen ihm das Leben in der Firma so schwer wie möglich machen, damit er von sich aus geht. Stein, Sie als sein Vorgesetzter könnten ihm ja jeden Monat eine Abmahnung zukommen lassen und auch alle anderen könnten zuarbeiten, wenn ihnen etwas auffällt!" mit diesem Appell sprach er den Abteilungsleiter direkt an. Dieser nickte beifällig in die Runde.

Van Nielsen nahm die Idee wohlwollend auf und vergatterte seine Führungsschicht zu einem eng gestrickten Netzwerk der Intrige. Diese vertrauliche Abmachung wurde in keinem Sitzungsprotokoll festgehalten. Es wurde ein striktes Redeverbot ausgesprochen. Als zentrale Anlaufstelle wurde Personalleiter Franz Häberle benannt, der alle Verfehlungen von Troll sammeln sollte. Minuten später verließen alle „Verschwörer" den Sitzungssaal, als ob nichts gewesen wäre. Da Abteilungsleiter Stein sich nicht selbst die Hände schmutzig machen wollte, delegierte er die Aufgabe an Herrn Blockwart. Blockwart war sein loyalster Mitarbeiter. Fachlich und menschlich konnte er sich keinen Vorteil verschaffen, aber in der Intrige war er unschlagbar und so instruierte Stein seinen Mitarbeiter für die neue Aufgabe.

In einem geheimen und vertraulichen Gespräch offenbarte Stein Blockwart, dass er im Erfolgsfall, also wenn Troll die Firma verlassen sollte, eine Stelle als Techniker im Unternehmen bekommen sollte. Lu, wie Blockwart kurz genannt wurde, hatte seine großen Stärken hauptsächlich im Sammeln und Erzählen von Halbwahrheiten, im Nachkontrollieren der Arbeit seiner Kollegen, wenn diese abwesend waren und vor allem im blinden Gehorsam gegenüber seiner Vorgesetzten.

Die Begriffe Moral, Anstand und Ehrlichkeit hatten keinen Platz in Blockwarts Gedankenwelt und so gestaltete Ludwig seinen täglichen Arbeitsablauf ab sofort neu. Diese Beschattung rund um die Uhr brachte in den nächsten Wochen eine Menge von Ergebnissen, aber nichts Verwertbares. Die erste Rückfrage von Van Nielsen bei Häberle ergab dann mit dem Hinweis „Ja mei was richtigs hammer no net" kein zufriedenstellendes Ergebnis.

Van Nielsen, immer mehr beseelt von dem Gedanken, Benno Troll loszubekommen, verschärfte nun die Gangart, ohne auf Widerstand bei Stein und Blockwart zu stoßen.

Die drei vereinbarten ab sofort das Manipulieren von Trolls Arbeitsplatz und dessen Arbeit. Mit einem Nachschlüssel ließ Blockwart diverse Unterlagen verschwinden, legte manipulierte Schriftstücke dazu, tauschte komplette Vorgänge aus und lächelte am nächsten Morgen Benno noch ins Gesicht, als sie sich auf dem Flur begegneten.

Troll und Blockwart kannten sich nur flüchtig, da sie beruflich keine Schnittpunkte in der Firma hatten. „Lu" Blockwart erfüllte seine Aufgaben sehr professionell und so wunderte sich Benno zwar mehrmals, konnte aber keine Verbindung zu den Intrigen herstellen.

Jeder Geheimdienst hätte Blockwart mit offenen Armen empfangen, da es kaum einen anderen Menschen gab, der so skrupellos sein konnte. Das einzig Auffallende an ihm waren sein besonderer Gang mit herunterhängenden Schultern und sein eigenartiger Blick. Langsam erhöhte sich der Stapel mit den gesammelten und manipulierten Schriftstücken, die Benno Troll bei einer erneuten Konfrontation mittlerweile sehr belasten würden. Wohlwollend las Van Nielsen die E-Mail des Kollegen Franz Häberle von den manipulierten Beweisen. Mit dieser Aktion wollte Van Nielsen seinem Geschäftsführer Dr. Motzen einen besonderen Gefallen erweisen.

Er berief noch am gleichen Tag eine Sitzung ein, um seinen Abteilungsleitern den neuen Sachverhalt zu erläutern und die nächsten Schritte einzuleiten. Sehr selbstsicher und schon fast euphorisch legte er die künstlich veränderten Beweise auf den Tisch, vergatterte die Herrn Häberle, Stein, Öfele und den Personalvorsitzenden Tromm zur Umsetzung des hinterhältigen Planes. Vorgesehen war, dass Bennos unmittelbarer Vorgesetzter Stein seinem Untergebenen durch einen inszenierten Fall verunsichern und ihn dann ins Personalbüro schicken sollte, in dem Tromm und Häberle auf ihn warten und mit den neuen Vorwürfen konfrontieren würden. Tromm und Häberle sollten ihn so einschüchtern, dass er nicht mehr weiter wüsste und mit einer kleinen Abfindung die Firma endgültig verlassen würde. Soweit der Plan. Ob diese krankhafte Vorstellung auch umsetzbar war, würde sich erweisen.

Nichts ahnend und ernüchternd sammelte Benno Troll seine Gedanken neu und kam wieder in die Realität zurück. Sein leerer Blick fixierte langsam das Aquarium, das auf einem selbstgebauten Tischchen stand. Die Fische, die sich seit Jahren in dem Glaskasten aufhielten, fesselten jetzt seinen Blick. Welche wunderbare

Farbenpracht spiegelte sich in dem mit üppigen Wasserpflanzen durchsetzten Gefäß.

Weil Benno so früh aufgestanden war, waren auch die Fische gezwungen, ihre Nachtruhe zu verkürzen. Blau, rot, gelb, gestreift, mit Punkten, sehr schlank, aber auch etwas rundlich, so bewegten sich die kleinen Lebewesen im Wasser.

Was ihm wohltat, war die Ruhe, die ihn jetzt langsam erfüllte. Ja, er genoss es jetzt bewusst, dieses leichte Bewegen, das spielerische Miteinander und die Farbenpracht, die ihm da entgegen kam. Er begann, mit den Zierfischen zu reden.

Benno gab ihnen Namen und sprach mit jedem einzelnen über seine Probleme, die ihn heute Nacht so gequält hatten. Er versuchte an Kleinigkeiten, die die kleinen Lebewesen an sich hatten, Parallelen zur Realität zu finden.

Dieser schlanke, leicht rot gefärbte Körper mit den weißen Längsstreifen erinnerte ihn an seine Frau Bettina, als sie sich kennengelernt hatten.

Das Kleid, so dachte er zumindest jetzt, hatte fast das gleiche Muster gehabt, und auch die Leichtigkeit, die dieser kleine Fisch an den Tag brachte, bekräftigte Benno in seinem Glauben an seine geschiedene Frau.

Etwas weiter hinten, an einem Stein sich festsaugend, sah er einen dick gefressenen, dunklen und auch unförmigen Fisch.

Obwohl das von der Natur etwas vernachlässigte kleine Tier keinerlei Ähnlichkeiten mit Doktor Motzen hatte, ordnete Benno die beiden sofort zusammen. Eigentlich kann der kleine Fisch ja gar nichts dafür, dachte Benno so vor sich hin. Aber wer nimmt denn Rücksicht auf mich? Sieben oder acht weitere Fische bewegten sich neben den zwei bereits erwähnten. Benno gewann immer mehr Gefallen an seinen beiden zugeordneten kleinen Lebewesen. „Na du fetter Sack", so sprach er das dunkle korpulente Fischchen sehr laut an.

Es entwickelte sich schnell ein Dialog, in dessen Verlauf Benno beide Stimmen sprach. Jetzt hatte er endlich eine Möglichkeit gefunden, seinem Boss alles das zurückzuzahlen, was er ihm angetan hatte.

Benno begann immer mehr, aus sich herauszugehen, und es machte ihm mit zunehmender Zeit sehr viel Spaß, wie er langsam die Rollen tauschte.

In dieser Phase fand er kein Wort für seinen Frauenfisch, der sich weiterhin locker im Aquarium bewegte. In dem Dialog, der als Monolog gesprochen wurde, waren die Rollen klar aufgeteilt. Der dunkle, etwas rundliche Kugelfisch musste sich jetzt allerlei anhören und bekam all das ab, was Benno auf der Zunge lag.

Zu diesem Zeitpunkt lag eine Unmenge darauf, und der Sprecher entleerte sie, bis nichts mehr zu sagen war. Im Verlauf seiner Abrechnung drehten immer mehr der kleinen Zierfische ihren Kopf zu ihm hin, als ob sie ihn verstehen konnten.

Alle blieben sie auf der Seite des Aquariums stehen, an der er saß, sie änderten ihr Verhalten erst, als Benno nach gefühlten zehn Minuten mit seiner Abrechnung am Ende war. Jetzt war er wieder ruhig, wenn auch innerlich leer.

Er konnte endlich einmal anderen seine Meinung sagen. Wichtig war, dass er es sagte; dass seine Zuhörer nur kleine Lebewesen waren, nahm er zu dem Zeitpunkt gar nicht zur Kenntnis.

Er fühlte sich sogar so gut, dass er spontan ins Schlafzimmer ging, um noch ein paar Stunden zu schlafen. Das Bett lud nicht unbedingt dazu ein, sich darin wohl zu fühlen. Durch das plötzliche Erwachen und das fluchtartige Verlassen seiner Schlafstelle sah er ein völlig zerrüttetes Oberbett am Fußende liegen. Nachdem er es kräftig durchgeschüttelt und glattgestrichen hatte, legte er sich hinein und versuchte, seine Gedanken ruhig zu bündeln.

Die Uhr, die im Schlafzimmer auf dem Bettkasten stand, bewegte ihre Zeiger in einer gleichmäßigen Art und Weise, die es Benno tatsächlich erlaubte, einzuschlafen.

Das Gespräch mit den Fischen versetzte ihn in eine positive Stimmung, die Benno Trolls Gedanken bis in seine Kindheit zurückschweifen ließ.

Zärtlichkeit und positive Emotionen hatte Benno schon lange nicht mehr erfahren dürfen und aus diesem Defizit heraus dachte er an seine erste schüchterne Liebeserfahrung, die er als 14Jähriger mit seiner gleichaltrigen Schulfreundin erleben durfte.

Es war die Zeit, in der man die ersten Eindrücke über bis dahin noch unbekannte Gefühle sammelt. Die Erwartungshaltung und die Spannung waren dementsprechend.

Dieser positive innerliche Gefühlsausbruch machte Benno ein wenig Angst, da er solch eine Regung in seinem Körper bis dahin noch nicht wahrgenommen hatte.

Er konnte es rationell nicht unterdrücken, dass von der emotionalen Seite ein Prickeln ausging, das ihm keinen normalen Gedanken mehr erlaubte. Diese neue Wahrnehmung, die er andererseits sehr genoss, musste jetzt nur noch in die Realität eingebracht werden. Christina war ein Mädchen mit blonden Haaren, das sich im letzten Jahr körperlich weiterentwickelt hatte und die ersten weiblichen Reize erkennen ließ.

Benno kannte Christina schon seit seiner Zeit im Kindergarten und sah sie nicht anders als alle anderen Buben und Mädchen. Wenn da nicht dieser überraschende Blickkontakt im Bus bei der Klassenfahrt ins Deutsche Museum gewesen wäre. Benno saß ganz hinten in der letzten Sitzreihe und beteiligte sich an banalen Gesprächen mit seinen Kumpels, als er seinen Blick etwas nach oben richtete und voll in ein Gesicht blickte, das ihn aus seiner coolen Sitzposition fast herausriss.

Unsicher unterbrach er sofort den Blickkontakt, suchte ihn aber sofort wieder.

Und da waren sie wieder, diese Augen, die ihm einfach nur schön, wunderbar und unheimlich vielversprechend entgegenblickten. Binnen Bruchteilen von Sekunden war Bennos innerer Temperaturanzeiger Bennos ins Rotgefärbte gestiegen.

Wow, was war das? Benno sah immer noch in ein Gesicht, das seinen Blick offen erwiderte und ebenfalls den Moment genoss. Seine Mitschüler, die immer noch um ihn herum saßen, nahm er gar nicht mehr wahr.

Es entstand ein atemberaubendes Augenspiel zwischen den beiden, dass sie in eine andere Welt versetzte.

Durch einen heftigen Schlag auf seine Schulter und mit einem „Benno, was schaust du so blöd" wurde diese Hochstimmung von seinem Schulfreund Oskar jäh beendet.

Sofort war er wieder in der Realität, wusste aber noch nicht so genau, was mit ihm gerade geschehen war.

Als der Bus auf dem Parkplatz des Deutschen Museums ankam und langsam stehenblieb, war für Benno klar, dass er an diesem Tag keine Streiche mit seinen pubertierenden Mitschülern anstellen würde.

Geblieben war ihm das positive Gefühl über der Magenebene, das seinem Drang nach weiteren schönen Momenten Nahrung gab. War es früher eher seine Art, als erster durch den Eingang zu kommen, so war es diesmal anders. Am liebsten wäre es ihm gewesen, wenn er ganz am Schluss der Gruppe mit Christina hätte hineingehen können. Schnell stellte sich heraus, das ihre Gefühle ähnlich gelagert waren.

Die beiden bewegten sich, als würde ein Unbekannter Regie führen, und es dauerte nicht lange, bis sich für Benno und Christina eine Gelegenheit ergab, sich auch körperlich näherzukommen. Diesen Augenblick hatte er im Traum schon mehrmals geübt, doch ganz geheuer war ihm die Situation nicht.

Und jetzt war er da, der Moment, den er sich schon so oft gewünscht hatte.

Diese Augen, die ihn vor kurzem noch im Bus aus der Ruhe gebracht hatten, standen jetzt so nahe vor ihm, dass er keinen klaren Gedanken mehr fassen konnte.

Jetzt übernahm das Gefühl die Initiative und wie von selbst kamen sich die beiden immer näher, bis sich ihre Lippen ganz leicht berührten und die Gefühle einen weiteren Höhenflug unternahmen. Auch die Berührung der Hände, der leichte Körperkontakt und das zärtliche Durchstreifen der Haare brachten innerlich einige Raketen zum Zünden.

Durch Geräusche, die eine Gruppe japanischer Studenten verursachte, kamen beide wieder in die Realität zurück.

Ohne Zeitgefühl und etwas verlegen öffneten sie ihre Augen und erkannten um sich herum viele kleingewachsene Menschen, die sich rege in einer ihnen unbekannten Sprache unterhielten.

Was ist wohl aus ihr geworden, war sein erster Gedanke, als er aus der Vergangenheit wieder in die Realität zurückkam. Hat sie sich ihren Lebenstraum, einen Job als Stewardess, verwirklichen können? Er wusste es nicht, denn kurz nach dem Verlassen der Schule hatten sich ihre Wege getrennt. Doch bis dahin hatten die beiden eine wunderbare Zeit zusammen. Es entwickelte sich eine erste intensive Liebesbeziehung. Sie lebten ihre sexuellen Wünsche, die sie sich in der Pubertät erträumt hatten, in ihrer spontanen, jugendlichen Unbekümmertheit voll aus.

Das Verhältnis, das geprägt war von der wunderbaren Neugierde, den neuen Gefühlen auf den Grund zu gehen, endete genauso schnell, wie es gekommen war.

Das Bedürfnis nach dem neuen Leben war nach gut einem Jahr befriedigt, und so trennten sich ihre Wege wieder, wobei beide ihre Zuneigung auf eine besonders schöne Art kennenlernen durften. „Die erste große Liebe wird wohl bei jedem Menschen sehr lange in Erinnerung bleiben", sprach er im Traum zu sich und drehte sich noch einmal, um das kuschelige Empfinden noch einige Zeit zu genießen.

♦ ♦ ♦

Auch der nächste Traum brachte ihn in eine wunderbare Zeit zurück. Seine linke Gehirnhälfte öffnete sich noch einmal kurz und ließ die Erinnerung an seine zweite große Liebe noch einmal gegenwärtig werden.

Hanne Büchen, ein Mädchen Anfang zwanzig, hübsch, lebenslustig, mit wuscheligen Haaren, hatte sich in Benno verguckt und Benno fühlte bereits nach kurzer Zeit die berühmten Schmetterlinge in seinem Bauch. Diese Konstellation war die Grundlage einer schönen, langanhaltenden Liebesaffäre. Bennos Gefühle kamen sofort wieder in Wallung, als er sich an den Kurzurlaub in Potsdam erinnerte, in dem alles begann. Der Abend des Kennenlernens hatte eine riesige Dynamik.

Die Gefühle schwebten innerhalb von kurzer Zeit in schwindelnde Höhen und waren nur schwer zu erreichen. Locker und sehr stimmungsvoll schlenderten die beiden, ja man kann fast sagen: hüpften die beiden durch die engen, mit Kopfstein gepflasterten Straßen von Potsdam. Es lag eine unbekümmerte, leicht beschwingte Stimmung über Hanne und Benno. Man unterhielt sich sehr angeregt, ohne dem Inhalt der Unterhaltung große Bedeutung beizumessen.

Beide genossen mehr das spontane Zusammensein. Neben dem Geflachse wurden auch lustige Schrittkombinationen auf die Straßen gezaubert und leichte Hebefiguren durchgeführt.

Es war schön anzuschauen, wie sich die beiden verstanden. Nach einer geraumen Zeit, als sie vor einem typisch italienischen Lokal standen, entschlossen sie sich, eine Kleinigkeit zu essen.

Die Stimmung war immer noch geprägt von einer vertrauten Zweisamkeit und einem Gefühl, das sie befähigte, Empfindungen wahrzunehmen, die sie bis dahin zusammen noch nicht erleben durften.

Das Restaurant hatte auf der Straße eine große Anzahl von kleinen gemütlichen Tischen und Stühlen gestellt, so wie man es eigentlich nur aus Italien kennt. Ergänzt wurden die von vielen netten Menschen genutzten Sitzgelegenheiten von großen dunkelroten Schirmen und einer leicht geschwungenen Lichterkette.

Da alle Plätze besetzt waren, nahm das immer noch aufgekratzte, übermütige Paar an der Bar Platz. Das Angenehme an der Situation war, dass beide sehr eng beieinander auf den bereits stark abgegriffenen Barhockern saßen. Da das verliebte Paar sehr mit sich beschäftigt war, musste der Barmann mehrmals nach der Bestellung fragen. Die schwebende Gefühlslage und spontane, humorvolle Einlagen verliehen dem Abend einen besonderen Reiz.

Ganz von selbst kam es zu ersten zärtlichen Berührungen. So keimte neben der verbalen Übereinstimmung auch ein wunderbares körperliches Empfinden auf.

Die Zeit blieb jetzt stehen und die tolle abendliche Stimmung ging beiden sehr nahe.

Man setzte sich an eines der nett gedeckten Tischchen, um eine Kleinigkeit zu essen und dazu eine gute Flasche Rotwein zu trinken. Bestellt wurde ein mit vielen unterschiedlichen Salatsorten bestückter und mit viel Liebe zubereiteter Teller, der von Hanne und Benno auf eine Art gegessen wurde, die einzigartig war.

Zur seelischen und körperlichen Übereinstimmung gesellte sich nun noch ein Gaumengenuss, der die momentane Vollkommenheit widerspiegelte.

Die empfundene Stimmungslage war nicht mehr in Worte zu fassen. Nach einer gefühlten Stunde verließen die Verliebten das Lokal und beendeten diese vollkommene Nacht gemeinsam im Hotelzimmer, indem sie ihren Gefühlen freien Lauf ließen und keine Tabus kannten.

Genau in diese selige Stimmungslage mischte sich ein Geräusch, das Benno der Realität wieder näherbrachte. Der Wecker zeigte fünf Uhr zwanzig an, als er sich ganz langsam mit leisen, kurzen Piep Tönen bemerkbar machte.

Die erste Welle ignorierte Benno eigentlich jeden Tag.

Nach weiteren drei Minuten waren die schroffen Töne für ihn nicht mehr zu überhören und er stand wie jeden Tag auf, um in die Arbeit zu gehen. Nach dieser unruhigen Nacht gab er vor dem Spiegel kein gutes Bild ab. Das Zähneputzen dauerte an dem Morgen wesentlich länger als an anderen Tagen. Was man seinem Gesicht auf keinen Fall ansah, war die Entschlossenheit, die sich in seinem Inneren immer stärker formierte.

Der Gedanke an seine Pistole, eine Walter PPK, die er sich vor einer geraumen Zeit zugelegt hatte, beschäftigte ihn jetzt doch sehr hartnäckig.

Er konnte sich gar nicht mehr genau daran erinnern, warum er sich diese Waffe zugelegt hatte.

„Ja", sagte er laut zu sich, und schon war ihm der Grund des Kaufes wieder gegenwärtig. Vor sieben Jahren gab es in der Nachbarschaft mehrere Einbrüche, die nie aufgeklärt werden konnten.

Bettina hatte Benno bedrängt, sich eine Waffe zuzulegen. Nach längeren Diskussionen hatte Ben-no nachgegeben und den Wunsch seiner Frau in die Tat umgesetzt. Er hatte die Walter PPK beim Sportschützengeschäft um die Ecke gekauft.

Er hatte die Waffe amtlich registrieren lassen und war zum örtlichen Schießverein gegangen, um sie zu testen. Danach war aber Schluss gewesen und Benno hatte die Waffe im Wäscheschrank deponiert. „Warum eigentlich nicht", fragte er sich wiederum laut vor dem Spiegel.

„Kann es mir eigentlich noch schlechter gehen?" Mit dieser zweiten Frage konkretisierte er seine Idee.

Seine schlimmen Gedanken lösten den inneren Druck und langsam konnte er sich tatsächlich mit der neuen Sachlage anfreunden. Die jedem Menschen angeborene Hemmschwelle nahm er in diesem Moment nicht wahr, und so spann er an dem unglaublichen Vorhaben weiter.

An die Folgen und die Frage, wie es danach weitergehen sollte, verschwendete er keinen Gedanken. Im Gegenteil, Benno war richtig beseelt von der Überlegung, seinem Peiniger den Garaus zu machen. Nachdem er das Bad verlassen hatte, setzte er sich an den Frühstückstisch und schenkte sich eine Tasse Kaffee ein. Zwei Scheiben Brot belegte er wie jeden Tag mit jeweils einer Scheibe Käse und einer Scheibe Wurst.

Das Radio gab die ersten Frühtemperaturen durch und der Nachrichtensprecher berichtete wie jeden Tag über die Neuigkeiten aus der ganzen Welt.

An diesem Tag wurde nach einem alten Mann gesucht, der am gestrigen Tag nicht mehr ins Altersheim zurückgekommen war. Als danach der Musikredakteur im Radio den Klassiker „Junge, komm bald wieder" von Freddy Quinn auf den Plattenteller legte, kam Benno ein leichtes Grinsen ins Gesicht.

Aber auch das brachte ihn nicht von seinem Vorhaben ab. Die Zeit begann jetzt schneller zu laufen und als er den Tisch abgeräumt hatte, war es bereits sechs Uhr zweiundvierzig. Die Pistole? War sie noch da, wo er sie vermutete?

Dieser Gedanken verwirrte ihn kurzfristig, und so rannte er schnellstens an seinen Wäscheschrank, um nachzuschauen.

Benno griff in die besagte Schublade und wühlte wie ein Verrückter darin herum.

Und endlich ein harter Gegenstand!

Hastig zog er ihn heraus.

Es war der Eiffelturm!

„Der Eiffelturm", schrie Benno wie ein Wahnsinniger. Den hatte er vor Jahren einmal aus Frankreich mitgebracht.

Ruckartig ließ er ihn wieder los und suchte im zweiten Schub nach der Waffe.

Nach kurzer Zeit ertastete er sein Wunschobjekt. „Ich hab' sie, ich hab' sie", sagte er freudig erregt zu sich. Er griff entschlossen nach ihr, nahm sie ganz ruhig in die Hand und drehte sie mehrmals. Als Benno das Magazin entfernte, erkannte er sofort, dass keine einzige Patrone darin war. Und wieder wurde seine Stirn etwas feucht. Wo habe ich die Patronenschachtel? Diese Frage stellte er sich selber sehr energisch. Nach einer kurzen Schrecksekunde fiel es ihm wieder ein.

Im Wohnzimmerschrank, neben seinen Zigarren, musste die Schachtel mit den Projektilen liegen.

Ganz unscheinbar in einer grauen Verpackung. Hastig griff Benno nach ihr und setzte sich auf einen Stuhl. In der linken Hand hielt er das Magazin und mit dem rechten Daumen schnipste er Patrone für Patrone in die Öffnung.

Bei Acht gab es einen starken Widerstand. Jetzt scheint sie voll zu sein, dachte er und schob das rechteckige Magazin in den Pistolengriff.

In Benno kam jetzt eine eigenartige Ruhe und Zufriedenheit auf. Der Druck, der ihn die letzten Jahre und bis vor kurzem so zermürbt hatte, war auf einmal wie weggeblasen. Er fühlte sich stark und entschlossen.

Obwohl er in den letzten fünf Jahren kein einziges Mal mit der Waffe geschossen hatte, hatte er nie das Gefühl, dass es nicht funktionieren würde.

Kurz vor den Siebenuhrnachrichten im Radio holte er seine schon etwas abgegriffene Aktentasche aus der Garderobe hervor und packte sein Pausenbrot ein. Aus dem Kühlschrank nahm Benno noch eine Flasche Mineralwasser und stellt sie auf den Spiegeltisch vor der Haustüre.

Nach dem Binden der Krawatte und dem Schließen des mittleren Sakkoknopfes war er bereit, in die Arbeit zu fahren.

Es war ein schöner, lauer Maimorgen, und so ging er das erste Mal ohne seinen Mantel ins Treppenhaus. Die Pistole steckte er in die linke Brusttasche, so wie er es in vielen Kriminalfilmen gesehen hat. Ein bisschen drückt sie schon, dachte er für sich, verdrängte aber sofort jeden Gedanken, der ihn von seinem Vorhaben abbringen könnte.

Benno Troll bewegte sich in einer emotionalen Bobbahn, aus der es, wenn man erst einmal darin war, kein Entrinnen mehr gab. Er war von sich selbst sehr begeistert, das er nach so langer Zeit endlich den Mut aufgebracht hatte, sich zu wehren.

Dieses Hochgefühl verdrängte alles Reelle um ihn herum. Das Grüßen im Eingangsbereich, das er sonst eher vergaß, fiel ihm heute gar nicht schwer, und auch seiner Körperhaltung war anzusehen, dass in ihm eine Wandlung stattgefunden haben musste. Auf dem Weg zur Garage fasste er sich in unregelmäßigen Abständen immer wieder an seine linke Brustseite.

◆ ◆ ◆

Die Autogarage war gut fünf Minuten von seiner Wohnung entfernt und auf dem Weg dahin fragte ihn seine innere Stimme, ob denn das alles so weit in Ordnung wäre, was er da in Kürze vorhatte.

Früher hatte Benno mit der Stimme zu diskutieren begonnen und hätte sich auch bald umstimmen lassen.

Heute war das ganz anders. Benno verdrängte diese Stimme nach einem kurzen Gedankensprung.

Er war es doch, der sich heute zum ersten Mal dem Drängen widersetzte und endlich seinen inneren Frieden finden wollte. „Nein, ich ziehe das durch." Mit diesen Worten machte er sich wieder Mut und stieg, nachdem er noch einmal kurz an seine linke Brusttasche gegriffen hatte, in sein Auto ein.

Das Auto, ein blauer Golf, den er sich nach der Scheidung noch leisten konnte, brachte ihn auf die Umgehungsstraße, Richtung Industriegebiet Ost.

Nicht zu schnell fahren und keine Ampel bei Rot überfahren! Benno hatte jetzt ein wenig Angst, denn er wollte auf gar keinen Fall von einer Polizeistreife aufgehalten werden.

Über die Ausführung der Tat machte er sich bis jetzt noch keine Gedanken. „So, noch eine Ampel", sagte er zu sich, als er das Fabrikgebäude auf der linken Seite sah.

Durch das Treten des Bremspedals kam Bennos Golf vor der Ampel zum Stehen.

Zwei Autos waren vor ihm. Eines gehörte dem Kollegen Sykorski, einem sehr linientreuen und loyalen Mitarbeiter, bei dem nur die Stimme seines Vorgesetzten zählte.

Sykorski, eine eher unscheinbare Gestalt, hatte es tatsächlich geschafft, sich durch seine besondere Art immer weiter nach oben zu positionieren.

Er hatte die Fähigkeit, aus nichts einen theatralischen Vortrag zu machen.

Kollege Sykorski hatte nicht unmittelbar mit Benno zu tun gehabt, hatte ihn aber gern als Sündenbock benutzt bei nicht mehr ganz nachvollziehbaren Geschehnissen, die meist negativ endeten. Kurz gesagt: Sykorski hatte Benno bei jeder passenden Gelegenheit beim Chef hingehängt.

Ja, die Arbeit, das war seine Sache. Hier konnte er sich gut entfalten. Zu Hause hatte er einen schweren Stand.

Eine Frau, die nicht nur die Hosen anhatte, sondern ihn eher als Sklaven hielt. Drei Söhne, die nur mit enormen Anstrengungen das erwachsene Alter erreichten. Einer glitt in die Gosse ab, der zweite war schon früh mit der Polizei in Verbindung gebracht worden und den dritten hatte er mit viel „Vitamin B" in der Firma als Packer untergebracht.

Zu Hause hatte er auf der ganzen Linie versagt, in der Firma aber hatte er weiter die Möglichkeit, über andere Menschen zu bestimmen.

Nur durch seine Position, er war Bereichsleiter, konnte Sykorski seine zweifelhaften Geschäfte weiter praktizieren. Doktor Motzen hielt große Stücke auf seinen Vorzeigekriecher und sparte auch nicht an Komplimenten in diversen Gesprächsrunden.

Durch ein lautes Hupen wurde Benno wieder in die Realität zurückgeholt.

„Ich fahr doch schon", sagte er ruhig zu sich und legte nach dem Treten der Kupplung den ersten Gang ein. Trotz der kurzen Unachtsamkeit, die er dem Kollegen Sykorski zu verdanken hatte, lenkte er sein Gefährt gekonnt dem Ziel entgegen.

Der Sprecher im Radio verkündete für heute einen wunderbaren Tag und läutete mit seiner Ankündigung, noch zwei Songs vor den Achtuhrnachrichten zu spielen, das Finale ein.

Heute fuhr Benno nicht geradeaus, wo in einem unebenen Gelände die Mitarbeiter ihre Autos abstellten. Nein, heute schwenkte er nach rechts, Richtung

Verwaltungsgebäude, um auf einem der reservierten Plätze sein Auto abzustellen.

Die Uhr in seinem Golf stand auf 7 Uhr 55, als Benno den Schlüssel herumdrehte.

Er befreite sich vom Sicherheitsgurt und wollte gerade seine Waffe unauffällig aus seiner linken Brustseite holen, als er ein Klopfen am Fenster wahrnahm. „Herr Troll, Sie haben sich heute verfahren. Das sind reservierte Parkplätze und Sie haben keine Berechtigung, hier stehenzubleiben." Diese Worte wurden noch von einem hämischen Lachen aus einem grinsenden Krötengesicht begleitet. Bennos Hand war immer noch in der linken Brusttasche, als er dies über sich ergehen lassen musste.

Er dachte für sich: ruhig bleiben, einfach ruhig bleiben.

Und das bewunderte er jetzt an sich.

Er blieb ruhig, er blieb ganz ruhig, er öffnete das Seitenfenster, begrüßte den Kollegen Sykorski und versprach, in Kürze den Platz wieder zu verlassen.

Gestern wäre ihm der Stirnschweiß aus den Poren geschossen und er hätte kein Wort zu seiner Verteidigung herausgebracht.

„Ich lasse mich doch nicht von diesem schleimigen Mitläufer von meinem Plan abbringen", sprach er ganz besonnen zu sich, obwohl Sykorski es in seinen Augen verdient gehabt hätte, bestraft zu werden.

Weitere hohe Angestellte liefen an Bennos Auto vorbei und schauten etwas verwundert, da sie dieses Auto nicht kannten und weil der Golf genau neben dem Chefparkplatz stand.

Die Parkplatzordnung wurde von Herrn Doktor Motzen in der Hierarchie ganz weit oben angesiedelt.

Aus diesem Grund war auch klar, dass der Chef, wenn er ein fremdes Auto neben dem seinen Sehen würde, dies nicht dulden und den Fahrer zur Rede stellen würde.

Radiomoderatoren bringen kurz vor den Nachrichten oft einen Hit und einen schlauen Spruch.

Heute hörte Benno aus dem eingebauten Lautsprecher in der Konsole die Weisheit, das ein morgendlicher Kummer im Winter schlimmer sei als im Summer. Mit diesem Spruch beendete der Radiosprecher seine Morgenmoderation und legte den Klassiker „In The Ghetto" von Elvis Presley auf. „As the snow flies, on a cold and grey Chicago morning …". Im Spiegel sah er ihn kommen. Zuerst ganz klein, dann aber immer größer werdend. Er mit seinem nagelneuen Geschäftswagen, einem nachtblauen Mercedes 3 0 SL. Elvis sang mit seiner herzergreifenden Stimme über die Armut in einer amerikanischen Stadt, als knapp zwei Meter neben ihm die Nobelkarosse zum Stehen kam.

Sofort hatte Herr Troll mit seinem Peiniger Blickkontakt und er hielt den Blick, er hielt ihn, er gab nicht nach und dadurch bekam er einen weiteren Motivationsschub.

Benno Troll wusste genau, was jetzt auf ihn hereinstürzen würde. Da er auf der Fahrerseite sitzenblieb, hatte Benno durch den Beifahrersitz noch einen Freiraum zwischen sich und Doktor Motzen.

Damit es kein Missverständnis geben sollte, öffnete Benno ganz langsam das Beifahrerfenster, mit der anderen Hand griff er ganz bedächtig in seine

Brusttasche, holte die Waffe heraus und entsicherte sie, als ob dies zu seinem täglichen Umgang gehörte. Doktor Motzen stieg aus seinem Wagen, streifte sich die Anzugsjacke noch ein wenig zu Recht,

Er nahm seine Wildlederaktentasche, schnippte mit dem Daumen auf den Multifunktionsschlüssel und stand nun unmittelbar vor dem geöffneten Seitenfenster.

Bennos Fahrt in seiner Bobbahn war kurz vor dem Erreichen der Höchstgeschwindigkeit, als Doktor Motzen, dem es immer die Ader auf der Stirn weit herausdrückte, wenn er kurz vor einer Erregung stand, mit den Worten „Mensch, Troll, verschwinden Sie" Benno einen eindeutigen Auftrag gab.

Benno drehte mit der linken Hand ganz langsam den Lautstärkeregler nach oben, hob die rechte Hand, sagte „Guten Morgen, Herr Doktor" und drückte ab. Der Getroffene blieb noch kurz stehen, ließ seine Tasche fallen und sackte in sich zusammen. Der abgegebene Schuss hatte sich genau zwischen die Augen in den Kopf gebohrt. Doktor Motzen war sofort tot.

◆ ◆ ◆

Benno saß weiter auf dem Fahrersitz seines Autos und verarbeitete das Geschehene ohne Emotionen.

Er war ruhig, gefasst, und nur langsam erkannte er, was gerade geschehen war.

Hier saß ein anderer Mensch im Auto, ein Mann, der nicht mehr eingeschüchtert und verlegen wirkte, wie man es von Herrn Troll sonst gewöhnt war.

Benno fühlte sich erleichtert, der Druck, der ihn jahrelang fast zum Wahnsinn gebracht hatte, war weg.

Er registrierte die Tat nicht nur emotional, nein, er erkannte auch reell den Ablauf seiner Tat.

Die Aussicht, dass der Druck jetzt für alle Zeit verschwunden war, stärkte ihn auch nun noch enorm. Ihm war klar, dass sein Leben sich in der nächsten Zeit wesentlich verändern würde.

Benno hatte aber keine Angst vor dem, was jetzt auf ihn zukommen würde.

Er, der Unscheinbare, hatte sich gewehrt und nicht klein beigegeben. Alleine diese Tatsache richtete Benno auf. Ganz langsam hob er seinen Kopf, und begleitet von Grummelgeräuschen nahm er die Umwelt wieder wahr. Natürlich versammelte sich eine kleine Menschenmenge in einem weiteren Umfeld. Einige Angestellte, die gerade zur Arbeit kamen, und auch Kollegen aus dem angrenzenden Verwaltungsgebäude, die den einzigartigen Vorgang beobachtet hatten, standen ratlos auf dem Parkplatz. Benno wunderte sich sehr über das Verhalten seiner Beobachter. Keiner näherte sich dem Tatort, wo Doktor Motzen in seinem eigenen Blut neben dem Auto lag.

Die haben alle einen großen Schock, dachte er in seiner ersten Wahrnehmung.

Danach schaltete er das Radio aus und stieg aus seinem Golf.

Ein Raunen ging durch die in einiger Entfernung stehende Menge und schließlich war es mucksmäuschenstill.

Benno drehte sich zu seinen Kollegen und sagte mit fester Stimme: „Ich musste es machen, ich musste es einfach machen."

Die Wartenden standen wie versteinert, jetzt kaum noch 10 Meter von dem Geschehen entfernt. Die Menschen waren wie gelähmt, denn Benno hatte immer noch seine Waffe in der Hand.

Viele der Anwesenden hatten jetzt ein schlechtes Gewissen bekommen, da sie den Schützen auch mehrmals verkauft und schikaniert hatten.

Benno registrierte seine Waffe nicht, und so liefen seine Arbeitskollegen zuerst langsam und dann immer schneller in Sicherheit.

Als er von weitem das Martinshorn hörte, drehte er sich zu seinem Auto, stützte sich mit den Händen am Dach ab und senkte seinen Blick.

Das Herannahen der Polizei und die Aufforderung, seine Waffe abzulegen, nahm Benno gelassen auf. Er legte die Waffe auf den Boden und schob sie dann mit dem Fuß ein paar Meter zur Seite. Anschließend nahm er seine Hände über den Kopf und ließ sich ohne Regung und Widerstand festnehmen. Durch zwei kurze Klicks und ein Druckgefühl an den Handgelenken nahm Benno seine Festnahme wahr. Man drängte ihn in einen Polizeibus und befestigte seine Handschellen an einem dafür vorgesehenen Rohr.

◆ ◆ ◆

Die Nachricht vom Tod des Geschäftsführers verbreitete sich in Windeseile. Presseleute, Hörfunk, Fernsehen, die öffentlich-rechtlichen und auch die privaten Sender, standen nach einer kurzen Zeit vor dem Verwaltungsgebäude des Unternehmens.

Was war da genau passiert?

Da die Polizei das gesamte Gelände abgesperrt hatte, konnte keiner der Passanten Einzelheiten erfahren.

In so einer Situation entstehen viele spekulative Gesprächsrunden. Vor dem Werkstor versammelten sich mehr als 100 Schaulustige, die versuchten, sich aus den wenigen Informationen, die irgendwie durchgesickert waren, eine Meinung zu bilden.

Nur schwer konnte sich das Auto des Bestattungsinstituts „Ewiges Leben" im Schritttempo durch die wartende Menschenmenge hindurchschlängeln.

Der Tatort wurde von den ermittelnden Beamten mit großen grünen Tüchern abgedeckt, so dass keiner einen

Blick auf die Leiche werfen konnte. Über mehrere Lautsprecher wurden die Wartenden aufgefordert, die Zufahrtsstraße frei zu machen. Des Weiteren informierte der Sprecher, man werde die ersten Fakten um 12 Uhr 30 im Polizeipräsidium bei einer Pressekonferenz erläutern.

Als das Bestattungsfahrzeug mit der Leiche das Werksgelände verlassen hatte, normalisierte sich der Verkehr an der Zufahrtsstraße wieder. Am Tatort verblieben nur noch zwei Beamte.

Beim angrenzenden Verwaltungsgebäude wurden alle Türen gesichert und sechs Beamte befragten systematisch alle Mitarbeiter des Unternehmens.

Diese Befragung wurde einzeln durchgeführt, und so musste jeder der Anwesenden Rede und Antwort stehen.

Nach drei Stunden war die Befragung zu Ende und es konnte in dem Gebäude wieder ein bisschen Normalität einziehen.

Alle waren schon sehr auf die Pressekonferenz im Polizeipräsidium gespannt.

Der Raum, der notdürftig etwas umgestellt wurde, hatte Platz für gut 100 Pressevertreter, reichte aber bei weitem nicht aus, um allen Fernsehanstalten und Vertretern der schreibenden Zunft einen Platz zu geben.

Pünktlich eröffnete der Pressesprecher die Veranstaltung. An seiner Seite saßen noch der Leitende Staatsanwalt Knoll, der Polizeipräsident Löwe, der mit den Ermittlungen betraute Hauptkommissar De Marco und der Pathologe Doktor Berger. Nach einer kurzen Einleitung beschränkte sich der Sprecher Herr Mayer, er war angehender Jurist, auf das Wesentliche.

„Um 7 Uhr 58 wurde Doktor Motzen mit einer Pistole der Marke Walter PPK erschossen.

Das Projektil traf das Opfer genau in der Mitte der Stirn. Das Opfer wurde aus kürzester Entfernung erschossen. Doktor Motzen war auf der Stelle tot. Als mutmaßlicher Täter wurde Herr Benno Troll am Tatort festgenommen. Er wird momentan dem Haftrichter vorgeführt. Zur jetzigen Zeit gibt es noch keine konkreten Hinweise über ein Motiv, da der Täter bei seiner ersten Vernehmung keinerlei Aussagen machte.

Mehr ist bis zu diesem Zeitpunkt nicht zu sagen.

„Meine Herren, bitte Ihre Fragen."

Der improvisierte Raum hatte mehrere mobile Mikrofone, und so konnten sich die Presseleute gut mit den Personen am Tisch austauschen.

„Bitte, Herr Koller von der Frankfurter Rundschau."

„Frage an Doktor Berger: Welches Kaliber hatte die Waffe?" „Sieben Komma acht", kam die Antwort kurz und sachlich zurück. Herr Hansmann vom Hamburger Tagblatt.

„Frage an Herrn de Marco: Haben Sie bereits einen vagen Verdacht über die Hintergründe des brutalen Mordes an einem Topmanager? Vermuten Sie einen politischen Mord, einen Auftragsmord, oder ist das die Tat eines Psychopaten?

Der Hauptkommissar lehnte sich leicht zurück und versuchte auf die drei Fragen Antworten zu geben. De Marco konnte zum jetzigen Zeitpunkt auf nichts konkret eingehen, und so äußerte er sich nur ausweichend, dass nach dem Stand der Ermittlungen die Tat von einem

Täter, der wahrscheinlich keine Hintermänner hatte, verübt worden sei.

Die Frage, ob es ein Auftragsmord gewesen sei, könne heute noch nicht letztlich beantwortet werden.

Auch politische Ansätze seien bis jetzt nicht ersichtlich, wobei man das nicht vollkommen ausschließen könne.

Nach der vorliegenden Beweislage sei am ehesten an eine Kurzschlussreaktion eines einzelnen zu denken. „War der Verhaftete vorbestraft?" fragte ein Redakteur der Süddeutschen Zeitung den Leitenden Staatsanwalt. Herr Knoll antwortete mit „Nein." Herr Eberle vom Städtischen Anzeiger stellte die Frage: „Wurden Drogen oder Alkoholreste beim Täter gefunden?" Auf diese Frage erwiderte Herr Berger, der Pathologe, „das nach den ersten Untersuchungen keine Hinweise vorhanden sind, die diesen Verdacht erhärten würden."

Allmählich war der Wissensdurst der Presseleute gestillt, der Sprecher fragte nach weiteren Wortmeldungen.

Da sich keine weitere Hand erhob, verkündete er das weitere Vorgehen der Behörden.

Daraus resultierten noch einige Rückfragen, die vom Pressesprecher gekonnt beantwortet wurden.

Gegen 13 Uhr 20 wurde die Veranstaltung beendet. Doktor Motzen war in der Stadt ein sehr einflussreicher und geachteter Bürger gewesen.

Neben seinem Engagement in der Firma hatte er sich auch als Gönner für städtische Vorhaben betätigt, die politisch nicht immer umsetzbar waren, dem Oberbürgermeister aber ein gutes Image einbrachten.

Zu den vielen kleinen Hilfeleistungen hatte Doktor Motzen bei der Stadtgala im letzten Jahr dem Stadtoberhaupt einen Scheck über 200.000 Euro für den dringend erforderlichen Ausbau der öffentlichen Parkplätze am Rathaus übergeben.

Politisch hatte er sich standesgemäß in der Mitte mit leichter Tendenz nach rechts bewegt.

In die Stadt war er der Liebe wegen gekommen. Er hatte Eva Maria, eine Tochter des Direktors des Städtischen Gymnasiums, geheiratet und mit ihr ein Haus am Stadtrand bezogen, in dem sie bis zum heutigen Tag lebten. Der Lokalsender unterbrach mehrmals sein Programm, um live dabei zu sein, wenn Bürger über die Tat befragt wurden. Ob in den Vereinen, den Verbänden, der Schule oder in der Fußgängerzone, es gab nur ein Thema: den Mord vor der Fabrik. Viele Einwohner der Stadt waren mit der Firma in irgendeiner Form verbunden.

Wer hier nicht arbeitete, kannte zumindest jemanden, der dort sein Geld verdiente. Die Mitarbeiter waren gefragte Gesprächspartner, als sie nach 14 Uhr das Firmengelände verließen.

Sie wussten auch keine Einzelheiten über den Tatvorgang, brachten aber alleine durch ihre Anwesenheit die Fantasie der Mitmenschen in Bewegung.

Viele Betrachter versuchten über vage Andeutungen, Motive für diese üble Tat zu finden.

Wildeste Gerüchte kamen auf und wurden in schneller Folge weitergegeben.

Benno bekam den Rummel um die Tat in seiner Zelle natürlich nicht mit. Er wurde, nachdem man ihm alle Gegenstände abgenommen hatte, in eine Einzelzelle gesteckt.

In kurzen Abständen besuchten ihn einige Ermittlungsbeamte, die ihm vorsichtig näherkommen wollten. Benno beantwortete keine einzige Frage und wollte auch keinen Anwalt haben, als er in eine Art Verhörraum geleitet wurde. Er wollte nur seine Ruhe haben. Benno saß auf einem Stuhl, der mit einem Tisch mitten im Raum stand. Ihm gegenüber stand ein weiterer Stuhl. Über der „Sitzgruppe" hing eine weit herabgelassene Lampe mit gelblichem Licht.

An der Tür stand ein Polizist, der seine Arme hinter dem Rücken verschränkt hatte.

Einige elektronische Geräte waren an verschiedenen Stellen aufgebaut. Man ließ den vermeintlichen Täter einige Zeit auf dem Stuhl sitzen, ohne mit ihm Kontakt aufzunehmen. Benno fühlte sich abgesehen von den Umständen, die ihn hier begleiteten, gut. Er hatte keinen Druck mehr in sich.

Das Geschehene hat er bewusst wahrgenommen und er stand auch dazu. Alleine die Tatsache, das er es tatsächlich „in die Tat" umgesetzt hat, stimmte ihn stolz und sicher.

Hätte der Polizist an der Tür zu dem Zeitpunkt in Bennos Gesicht geblickt, so hätte er das leichte Lächeln erkennen können. Die Ermittlungsbeamten hatten es nicht eilig, und so kauerte der Verdächtige weiter auf seinem Stuhl.

Seine Gedanken glitten wieder in die Vergangenheit und belasteten ihn in keiner Weise.

Was er vor kurzem durchlebt hatte, erinnerte ihn an seinen ersten Sprung vom Fünfmeterturm. Benno war tagelang im Schwimmbad gewesen und hatte immer wieder auf diesen riesigen Turm geschaut, ohne den Mut aufzubringen, ihn zu betreten.

Nach einer Woche hat sich das Verlangen zu springen noch gesteigert. Benno wollte unbedingt springen, nur die Angst hielt ihn weiter davon ab.

In der darauffolgenden Nacht machte er sich noch einmal richtig Mut und sagte zu sich, das er am nächsten Tag erst dann mit dem Rad nach Hause fahren würde, wenn ihm der erste Satz vom Fünfmeterturm gelungen war. Benno war am darauffolgenden Tag wieder im Freibad, hatte seine Decke genau vor dem Sprungturm im Gras ausgelegt und das Treiben auf dem Turm beobachtet. Es waren schon etwas ältere Freunde von Benno, die sich in den verschiedenen Posen ins Wasser warfen.

Es hatte so leicht und locker ausgesehen, wie die jugendlichen Körper nach kurzer Flugphase ins Becken eingetaucht waren. Den Befehl, zum Turm zu gehen, hatte er sich schon ein paar Mal gegeben.

Der Wille war da, der Mut nicht. Der Tag verging, die ersten Badegäste hatten das Freibad verlassen, und so war Benno immer mehr in die Zwickmühle geraten. Springen oder nicht springen und anschließend nach Hause fahren mit dem Rad und wieder als Weichei gelten.

„Nein, heute nicht", sagte er entschlossen zu sich, raffte sich auf, kühlte sich mit dem Wasser im Becken leicht ab und stieg die fünf Mal acht Stufen nach oben.

Seine älteren Schulkameraden standen bereits dort und schäkerten mit den Mädels, als Benno, gut einen Kopf kleiner, die Plattform betrat.

„Du traust dich zu springen?" hörte Benno eine Stimme aus dem Pulk heraus sprechen.

„Ja, klar", erwiderte er stolz seinen Vorbildern.

Ohne lang nachzudenken, nahm Benno sein Herz in die Hand, machte einen großen Anlauf und schon war er in der Luft. Nach ein paar Sekunden und mit einem lauten Schrei tauchte er ins Wasser ein und kam auch nach kurzer Zeit wieder an die Wasseroberfläche. Von oben hörte er ein großes Getöse und ein lautes Klatschen. „Mensch, Benno, super, klasse, spitze!" Das nach Hause fahren mit seinen großen Kumpels war für ihn wie eine Triumphfahrt. Auch die Begrüßung am nächsten Tag in der Schule war ein echtes Erlebnis. Das Geräusch der Tür brachte Benno wieder ruckartig in die Realität zurück.

Vor ihm stand ein unbekannter Mann, der sich als leitender Staatsanwalt vorstellte.

Nach ein paar offiziellen Worten las Herr Knoll, der Staatsanwalt, ihm den Haftbefehl vor und belehrte Herrn Benno Troll zugleich, in der ganzen Sache kooperativ zu sein.

Benno sagte an diesem Abend kein Wort, und so war klar, das das Interesse der Polizei an diesem Abend nach weiteren Fragen gestillt war.

Ein Anstaltsbeamter begleitete Benno zurück in seine Zelle, in der er der einzige Insasse war.

Das Klappbett an der Wand und ein einfacher Tisch mit Stuhl standen gegenüber.

Für die Notdurft gab es in der Ecke ein Edelstahl-WC mit einem darüber liegenden, winzigen Waschbecken.

Auf dem herabgelassenen Bett lag ein grauer Schlafanzug mit einem Handtuch und einem Stück Seife. Ein Zahnputzbecher mit Bürste und Zahnpasta vervollständigte die Beigaben.

An der schweren Zellentüre öffnete sich eine Luke und eine Hand streckte einen Teller herein.

Benno nahm ihn ab, setzte sich an seinen Behelfstisch und ließ sich die Suppe schmecken. Nach dem Essen stellte Benno seinen Teller an einer Ablage, die genau vor der Luke war, wieder ab. Kurze Zeit später erlosch die Lampe und Benno saß auf seiner Pritsche ohne Licht.

Nach einer kurzen Gewöhnungsphase legte er sich schlafen. Parallel dazu durchsuchten Beamte der Kriminalpolizei die Wohnung von Benno. Mit dem Schlüssel des Hausmeisters gelangten sie schnell in den Flur. Geschickt fanden sie einige Gegenstände, die in einem mitgebrachten Sack schnell verstaut wurden. Die Fische, die sich letzte Nacht noch mit Benno „unterhalten" hatten, wurden im städtischen Tierheim abgegeben.

Als die Beamten mit ihren Indizien das Haus verlassen hatten, war alles wieder auf seinem Platz.

Am nächsten Morgen gegen acht Uhr stiegen fünf Kriminalbeamte vor dem Verwaltungsgebäude der Firma aus ihren Polizeiautos, gingen zum Empfang, fragten nach dem Technischen Leiter und begannen dann mit ihren Ermittlungen.

Herr Van Nielsen führte die Geschäfte nach dem Tod von Doktor Motzen weiter. Die Beamten erläuterten Herrn Van Nielsen den weiteren Ablauf der Zeugenbefragung. Da dieser erst seit kurzem im Unternahmen tätig war, schied Van Nielsen als Zeuge bei den polizeilichen Ermittlungen erst mal aus.

Wichtig für die Kriminalpolizei war, das mehrere geeignete Räume zur Verfügung standen, in denen man parallel die Kollegen getrennt voneinander befragen konnte. In der ersten Welle kamen die unmittelbaren Kollegen des Opfers und des Täters an die Reihe. Das waren auf der einen Seite alle Bereichsleiter, auf der anderen Seite der Kollegenkreis von Herrn Troll.

Das Unternehmen war wie folgt organisiert: Dem verstorbenen Geschäftsführer Doktor Motzen stand Herr Van Nielsen als Technischer Leiter am nächsten.

Die zehn Bereiche hatten jeweils einen verantwortlichen Abteilungsleiter.

Mit ihnen begann die Arbeit der Beamten. Als erster wurde Herr Burschy als Zeuge vernommen. Herr Burschy war Vertriebsleiter mit Prokura.

Er war für die verkaufsstrategischen Belange zuständig und hatte auf Grund seiner Tätigkeit sehr viel mit dem Opfer zu tun gehabt. Nach der Belehrung durch die Beamten beantwortete er die ihm gestellten Fragen. Da er in seinem täglichen Arbeitsprozess viel mit Kunden verhandelte, war es für ihn ein leichtes, auch auf die Fragen der Polizei immer eine richtige Antwort zu geben.

Bereichsleiter Burschy schilderte die Zusammenarbeit mit seinem Vorgesetzten zum einen als sehr kollegial, zum anderen aber auch als sehr fordernd.

Emanuel, wie Herr Burschy mit Vornamen genannt wurde, hatte über die Jahre gelernt, wie man sich gegenüber Chefs zu verhalten hatte. So verwendete er nie das Wort Nein, wenn er von Doktor Motzen angesprochen wurde. Themen, die der Geschäftsführer in eine Runde einbrachte, flankierte er ausschließlich mit positiven Kommentaren. Als Auszubildender hatte er vor 42 Jahren in der Firma angefangen und sich durch Fleiß, viel Engagement, aber auch durch einige rücksichtslose Aktionen den Weg geebnet.

Eine der typischen Karrieren, die in dem Unternehmen gefördert wurden.

Innerhalb des Bereichs war das Betriebsklima dementsprechend. Keiner der Vertriebsleute pflegte mit dem anderen über die Arbeit hinaus irgendeinen Kontakt.

Herr Burschy schilderte die gemeinsamen letzten zehn Jahre mit seinem Chef in einem Guss.

Auf Zwischenfragen der ermittelnden Beamten ging er nicht konkret ein und erzählte seine Version von einem wunderbaren Geschäftsführer.

Die Frage der Polizei, warum der so positiv Dargestellte denn seiner Meinung nach erschossen worden sei, konnte er keine Antwort geben. Nach zwanzig Minuten konnte der Bereichsleiter den Befragungsraum wieder verlassen.

Die drei im Raum verbliebenen Beamten diskutierten

noch ein paar Minuten und hielten das Wesentliche schriftlich fest. Anschließend wurde Herr Sikorsky telefonisch in das Besprechungszimmer gebeten.

Nach einer kurzen Begrüßung durch den Leitenden Hauptkommissar De Marco übernahm Sikorsky sofort das Wort und wollte, wie es seine Art war, die Anwesenden auf seine Art belehren.

Das Befragungsteam verfügte aber über eine sehr große Erfahrung im Umgang mit Selbstdarstellern und bremste den emsigen Sprecher schnell aus.

Höflich, aber bestimmt führten die Beamten mit ihren Fragen bewusst wieder auf die aktuellen Geschehnisse zurück. Der körperlich etwas kleingeratene Abteilungsleiter war erst vor acht Jahren in das Unternehmen eingetreten.

Er hatte sich für die Stelle des Qualitätsleiters beworben, die man ihm dann auch bestätigt hatte.

Da er vor dem Eintritt mit einem anderen Unternehmen in die Insolvenz gehen musste, war der Job nur als Zwischenstation gedacht.

Er, der Emsige, erkannte aber schnell, das man seiner Art, immer viel Wind um nichts zu machen, nicht gewachsen war, und deshalb wurden seine Beiträge sogar als sehr konstruktiv eingestuft. Am meisten blühte er auf, wenn er mehreren der ihm unterstellten Mitarbeiter einen Vortrag halten konnte.

Er war im Gegensatz zum Kollegen Burschy noch mehr Intrigant und erzählte im Kreise der Führungsebene meist abenteuerliche Geschichten über Mitarbeiter, die sich nicht in der Gesprächsrunde befanden. Immerhin brachte er es pro Jahr auf zwanzig Abmahnungsanträge für Kollegen, die im Grunde nichts mit ihm zu tun hatten. Diese Art, sich so darzustellen, erkannten die Ermittlungsbeamten sehr schnell, und so mussten sie ihn mehrmals unterbrechen, um ihn wieder auf das eigentliche Geschehen zurückzubringen.

Auch Sikorsky konnte mit seiner Darstellung den Beamten nicht weiterhelfen.

„Herr Sikorsky, sehen Sie einen Grund, warum ein Mitarbeiter einen Menschen, den Sie als nur positiv hingestellt haben, erschießen sollte?"

Kaum war die Frage gestellt, sprühte es schon wieder aus ihm heraus.

„Natürlich kann ich Ihnen das sagen", antwortete er fast ein wenig trotzig.

„Der Troll, der war so unzuverlässig und der legte sich doch mit jedem an, ich habe ihn persönlich schon einmal für eine Abmahnung vorgeschlagen."

Bereichsleiter Sikorsky erzählte in seiner bekannten Oberlehrerart weiter negative Fabelgeschichten über den Festgenommenen. Nach fünf weiteren Minuten wurde er von den Ermittlern unterbrochen und noch einmal auf die Ursprungsfrage angesprochen.

„Warum, Herr Sikorsky, glauben Sie, hat Herr Troll Ihren Geschäftsführer erschossen?"

Und wieder wollte der Befragte mit Geschichten ausholen, als die Beamten ihn jäh unterbrachen und sich bei ihm noch kurz bedankten, bevor sie ihn wieder gehen ließen.

Nachdem Sikorsky den Raum verlassen hatte, schauten sich die Beamten nur an und sagten fast übereinstimmend:

„Wir brauchen jetzt dringend eine Pause!" So etwas hatten die drei noch nie erlebt: dreißig Minuten zu sprechen, kaum zu atmen und eigentlich kein einziges Wort zur Sache auszusagen. Irgendwie erkannten die Beamten die sonderbare Stimmung, die in dem Unternehmen wohl fest verankert war. „Ich denke, wir können uns die weiteren Befragungen sparen", meinte Kommissar Michl zu seinen Kollegen, der den Satz mit den Worten „Alle reden, aber keiner sagt irgendetwas zur Sache aus" beendete.

Und tatsächlich verliefen die weiteren Zeugenbefragungen ähnlich ab. Doktor Motzen war ein Firmenchef ohne Fehl und Tadel, über den keiner seiner Bereichsleiter auch nur ein schlechtes Wort verlor. Der Personalleiter Herr Häberle, der Entwicklungschef Herr Mann und auch Kollege Köping als Einkaufsleiter gaben übereinstimmend zu Protokoll, das Doktor Motzen ein Vorbild für alle gewesen war. So ein Opfer hatten die Beamten in ihrer langen Zeit als Ermittler noch nie gehabt.

Sie wunderten sich über die positiven Übereinstimmungen, nahmen aber die Protokolle ohne Wertung mit ins Präsidium.

Am nächsten Tag ermittelten die Polizeibeamten im Bekanntenkreis von Benno Troll, insbesondere bei den Kollegen, die mit ihm in einem Büro arbeiteten.

Ossi Brück, der von Benno immer mit „Bendax" angesprochen wurde, arbeitete mittlerweile über acht Jahre mit ihm zusammen. Bendax erlebte in all den Jahren den Fall von Benno hautnah mit. Für die Ermittler war er natürlich der wichtigste Ansprechpartner und aus diesem Grund gaben sie ihm eine Vorladung für seine Aussage im Polizeirevier.

Bendax war auch von dem System geprägt. Er wusste genau, „wie der Hase lief".

Die Launen des Erschossenen spürte er in ähnlicher Form, wurde aber nicht in diesem Ausmaß damit belastet.

Er befand sich in einer blöden Situation.

Was sollte er sagen?

Die Wahrheit?

Dann hätte er in der Firma einen noch schwereren Stand und wäre dann auch noch mehr mit den Mechanismen des Hauses konfrontiert worden, als ihm lieb gewesen wäre.

Erzählte er die offizielle Version, die der bereits Gehörten sehr nahe käme, dann würde er sein Gewissen in große Bedrängnis bringen. „Was tun, Bendax", sprach er zu sich, genau in den Worten, wie ihn normalerweise nur Benno ansprach.

Diesen Konflikt schleppte er den ganzen Morgen mit sich herum. Selbst auf der Fahrt ins Präsidium war er noch von Zweifeln geplagt.

Die Beamten erkannten sofort bei der Begrüßung, das der zu Befragende keine innere Ruhe hatte.

Er hatte Schweißtropfen auf der Stirn und sein lascher Händedruck hinterließ ein unangenehm kaltes und feuchtes Empfinden. Die Ermittler belehrten ihn, er habe immer die Wahrheit zu sagen und könne die Aussage nur verweigern, wenn er sich selbst belasten würde.

„Herr Brück, wie würden Sie Ihren Kollegen Herrn Troll beschreiben?" „Tja, Benno war ein Kollege, der nicht groß auffiel, der täglich seinen Job machte und sich nur in der letzten Zeit etwas zurückzog." „Was meinen Sie mit zurückzog", unterbrach ihn Hauptkommissar De Marco etwas schroff. „Er war nicht mehr so redselig wie früher, er beteiligte sich nicht mehr an gemeinsamen Unternehmungen und auch seine Laune war in den letzten Wochen sehr betrübt."

„Worauf führen Sie das zurück?" bohrte Polizeikommissar Löwe nach. Kollege Brück zuckte nur mit den Schultern und sagte: „Ich weiß es nicht, ich kann keinen Grund nennen, warum er sich so veränderte."

„Wie war das Verhältnis zwischen dem Opfer, Herrn Doktor Motzen, und dem Täter, Benno Troll?"

„Gemocht hat er den Benno eigentlich nie so recht", sinnierte etwas geistesabwesend der Befragte.

„Wie meinen Sie das?" hakte De Marco nach.

Beim Zeugen sah man eine leichte Veränderung der Gesichtsfarbe. Auch fiel es ihm jetzt schwerer, auf die Fragen zu antworten. Doktor Motzen war noch so gegenwärtig, obwohl er nicht mehr lebte, und seine Dominanz war auch beim Zeugen noch so fest im Kopf verankert, das der Befragte den Grund für das schlechte Verhältnis in erster Linie Benno Troll zuschrieb.

Bei weiteren Fragen verstrickte sich der Zeuge immer mehr in Ungereimtheiten, so das die Ermittlungsbeamten genau dort weiterbohrten, wo es dem Kollegen Brück wehtat.

Bennos Kollege war jetzt in einer Sackgasse angelangt und erkannte wohl selbst, das er aus dieser nicht mehr so leicht herauskommen würde.

„Ich sage heute nichts mehr", platzte es aus ihm heraus.

Die Ermittler erkannten die Situation und beendeten das Martyrium von Ossi Brück. Er konnte aufstehen und nach Hause gehen, musste sich aber für weitere Ermittlungen zur Verfügung stellen. Bei der Abschlussbesprechung diskutierten die Beamten über die Zeugenbefragungen. Sie mussten dem leitenden Staatsanwalt Knoll die bisherigen Ermittlungsergebnisse vorlegen, damit er einen Haftbefehl ausstellen konnte.

Nach den bisherigen Aussagen war es ein vorsätzlicher, heimtückischer Mord.

Benno Troll schwieg, alle anderen belasteten den Verdächtigen, die Fingerabdrücke waren auf der Tatwaffe, es gab ein Motiv und vor allem gab es keinen weiteren Verdächtigen, der noch in Frage kam. Nachdem der Bericht über die bisherigen Ermittlungen verfasst war, übergab Hauptkommissar De Marco ihn der Staatsanwaltschaft. Nach kurzer Besprechung war klar, das die Beweise erdrückend genug waren, Herrn Benno Troll des Mordes anzuklagen.

Diese Entscheidung wurde dem Inhaftierten sofort durch den Oberstaatsanwalt Knoll schriftlich mitgeteilt und so konnten die Vorermittlungen abgeschlossen werden.

Die Öffentlichkeit, die Presse, die Mitarbeiter der betroffenen Firma und alle anderen hatten ein großes Problem.

Sie wussten nichts, oder besser gesagt, sie wussten nur, das ein Mitarbeiter den Geschäftsführer eines der größten Unternehmen der Stadt erschossen hatte.

Auf das Warum konnte sich zu diesem Zeitpunkt noch keiner einen Reim machen.

Die Fernsehanstalten und Pressevertreter waren jetzt gefragt. Nur über was sollten sie berichten?

Es war klar, das in solchen Momenten den Spekulationen Tür und Tor geöffnet war.

Die Tagesschau musste um zwanzig Uhr einen Bericht einbauen, die überregionalen Zeitungen hatten sich noch eine große Lücke auf der Titelseite offengehalten und auch die örtlichen Medien waren gefordert. In den Redaktionen wurde lebhaft recherchiert und hektisch gearbeitet, denn jeder wollte seine Leser und Zuschauer spannend unterhalten.

Prominente der Stadt wurden interviewt, Bekannte des Täters hatte man aufgespürt, Politiker sprachen in jedes Mikrofon, das man ihnen entgegenstreckte, und selbst im Einwohnermeldeamt wurde heftig nachgefragt.

Die große deutsche Tageszeitung mit den vier Buchstaben konnte Bennos geschiedene Frau Bettina durch gute und intensive Arbeit aufspüren.

Bettina war wieder verheiratet und lebte jetzt in Hannover. Sie war mit einem Arzt in zweiter Ehe liiert.

Bennos Ex hatte eine Schwäche für Männer, die im öffentlichen Leben standen, und so passte die Ehe mit dem Chirurgen gut in ihr Konzept.

Bettina war vollkommen geschockt, als ein Journalist sie anrief, und konnte sich überhaupt nicht vorstellen, das ihr erster Mann überhaupt in der Lage gewesen war, einen Mord zu begehen. Gerade diese Schwäche, sich nie zu wehren, hatte sie ihm des Öfteren vorgeworfen; sie war sicherlich einer der Gründe für ihre Trennung. Geschickt versuchte der Reporter, Einzelheiten aus dem Gespräch herauszuhören, um sie in seine Story einzubauen. Trotz mehrerer Fangfragen konnte er sich auf die Antworten keinen Reim machen. Viel Spektakuläres konnte er dem Gespräch nicht entnehmen, und so beendete der Anrufer das Telefonat. Kein Alkohol, sehr ruhig, langweilig, überarbeitet, diese Worte notierte sich der Reporter der großen deutschen Tageszeitung und hatte jetzt das Problem, den Artikel für die morgige Ausgabe spannend zu gestalten.

Alle anderen Medienvertreter hatten die gleiche Herausforderung, konnten aber nichts Besonderes oder Auffälliges in Erfahrung bringen.

Die Tagesschau beließ es bei einer einzigen kurzen Meldung im Nachrichtenüberblick, die Privaten stellten bei der Mitteilung die Bilder von Opfer und Täter in die Kamera.

Nur der lokale Fernsehsender brachte ein paar Bilder von der Pressekonferenz, die mit einigen zurückhaltenden Kommentaren erläutert wurden.

Zum Glück kam die Nachricht von Oberstaatsanwalt Knoll, er hätte ja einen Haftbefehl wegen Mordes erlassen, noch zu den Presseagenturen.

Diese Neuigkeit schmückte am nächsten Morgen in erster Linie den deutschen Blätterwald.

„Mörder stand auf der Gehaltsliste", „Der Tod kommt um acht Uhr", „Kopfschuss -warum?"

So oder so ähnlich beantworteten die deutschen Tageszeitungen und auch die Regenbogenpresse am nächsten Tag die offenen Fragen in den Gazetten.

Benno Troll wurde noch in der Nacht von der Polizeiwache in das Landesgefängnis überführt. Mit einem Fahrer und zwei weiteren Polizisten brauchte er knappe zwei Stunden. Bei der Ankunft wurden die Wertsachen, die bereits gesondert in einem grauen Beutel mitgeführt wurden, dem Justizbeamten gegen Quittung ausgehändigt. Benno musste sich komplett entkleiden, wurde in eine Dusche geführt und bekam anschließend seine Anstaltskleidung ausgehändigt.

Die Polizisten ließen sich dann die Übergabe bestätigen und verließen das Gefängnis.

Anschließend wurde Benno in eine Einzelzelle gebracht, die schlicht und überschaubar war.

Sein Befinden und sein Gefühl waren innerlich immer noch von einer soliden Ruhe und Zufriedenheit geprägt.

Ihm war schon klar, das er etwas Schlimmes begangen hatte, doch dieser innere Frieden breitete sich wie eine

Strömung immer mehr in ihm aus und verlieh ihm eine Leichtigkeit, die er schon lange nicht mehr erlebt hatte.

Auch der Umstand, das er in einer Zelle mit spartanischen Möbeln eingesperrt war, sich nicht frei bewegen konnte, schmälerte seine Stimmung nicht.

Benno Troll legte sich auf die Matratze und nach kurzer Dauer versank er in den Schlaf.

Es sollte der erste Schlaf werden, bei dem ihm kein Traum die Nachtruhe raubte.

Die Normalität hatte sich im Unternehmen am nächsten Tag noch nicht eingestellt. Ermittlungen der Kriminalpolizei, der Presseterror und vor allem die vielen Diskussionsrunden bei den Arbeitskollegen führten zu großen Störungen im Firmenablauf.

Die Ermittler konzentrierten sich auf den erweiterten Kollegenkreis, um endlich etwas Licht in den sonderbaren Fall zu bringen. Man lud sich immer kleinere Gruppen in das Zeugenbefragungszimmer ein. Dieser Schachzug des Hauptkommissars De Marco brachte schon bei der ersten Vernehmungsrunde erste Anzeichen über ein mögliches Motiv. Die vier Befragten plauderten locker drauflos und durch geschickte Zwischenfragen der Beamten waren nach einer gewissen Zeit die verbalen Hemmungen restlos gefallen.

Über privat Erlebtes erzählten die Kollegen am liebsten. Rudolf Altmann, er war ein alter Weggefährte von Benno, hatte einige Wochenenden mit ihm verbracht.

Meist waren es gemeinsame Ausflüge mit dem Rad mit anschließendem Besuch in einem Biergarten.

An solch einem lauen Sommerabend und nach fünf, sechs Gläsern Bier hatte Benno seinem Kumpel Rudi sein Leid geklagt.

Der befragte Kollege schilderte den Verlauf des Abends. Gespannt folgten seine drei Mitbefragten und die Ermittler seinen Worten. Schleifer Altmann schilderte den besagten Abend sehr emotional, und so waren alle ein bisschen davon ergriffen.

Die Vernehmung endete mit den hilfesuchenden Worten, die Benno zu seinem Freund gesagt hatte:

„Rudi, ich kann nicht mehr, der Motzen macht mich fertig." Benno hatte seine Hand auf Rudis Schulter gelegt und angefangen, wie ein Schloss Hund zu weinen.

Nach der Schilderung war es für kurze Zeit völlig ruhig im Raum. Die Ermittler ließen die Situation erst einmal wirken.

Vier ergriffene Gesichter schauten mit leeren Blicken auf den Boden.

„Da ist sicher etwas dran", mit diesen Worten versuchte Gerald Hamburger, ein guter Bekannter von Benno, das Thema weiter im Raum zu lassen.

„Mich hat Benno vor etwa einer Woche nachts gegen Mitternacht angerufen. Er war sehr verzweifelt. Er sprach mit weinender Stimme für mich unverständliche Dinge an. Auf meine Frage, ob ich ihm helfen könne, reagierte er leider nicht. Er stammelte nur immer die Worte: Ich halte diesen Druck nicht mehr aus, ich muss mich davon befreien, ich gehe sonst vor die Hunde. Als ich ihn am nächsten Morgen ansprach, konnte er sich an nichts erinnern, und er bat mich, niemandem von dem Vorfall zu erzählen."

„Das passt ja alles gut zusammen", resümierte Hauptkommissar De Marco die beiden Aussagen von Bennos Arbeitskollegen.

Er wollte gerade einige Rückfragen zu dem eben Gehörten stellen, als ihn Oswald Kolke, ein junger Kollege, der mit Benno im gleichen Büro arbeitete, unterbrach.

„Herr Hauptkommissar, da passt das unlängst Erlebte wunderbar dazu."

Oswald schilderte einen Besuch von Doktor Motzen vor ungefähr drei Wochen.

„Der Geschäftsführer hatte einen Kunden als Begleiter dabei, als er in unser Büro kam.

Nach einer belanglosen Begrüßung schritten die beiden Herren an Bennos Schreibtisch.

Doktor Motzen sprach: Herr Troll, zeigen Sie mir mal bitte die Reklamationsakte der Firma Posch.

Benno wusste mit der Frage nichts anzufangen und entgegnete seinem Chef, das er keine Reklamationen bearbeite und er auch die Firma Posch nicht als Kunden betreue.

Unwahrscheinlich rasch füllte sich die Ader, die Doktor Motzen an seiner Stirn hatte, mit Blut und es drückte sie gewaltig heraus. Alle Mitarbeiter, die diese herausgetretene Ader schon einmal von der Nähe aus betrachten konnten, hatten nichts Gutes zu erwarten. Und so war es auch in diesem Fall.

Sie geben mir sofort die Akte, Herr Troll! Mit diesen Worten schrie er seinen Sachbearbeiter vor dem Kunden in voller Lautstärke an. Dem Kunden war es sichtlich mehr als peinlich und so lenkte der Besuch der Geschäftsleitung ein, indem er sagte: Lassen Sie es mal gut sein, es scheint sich hier wohl um ein Missverständnis zu handeln, wir klären das später.

Benno zitterte am ganzen Körper und er konnte sich auch nicht mehr von dem Gast, der ihm doch so geholfen hatte, verabschieden. Selbst beim Verlassen des Büros verlor Doktor Motzen noch einmal seine Contenance, indem er Benno lautstark eine totale Unwissenheit bescheinigte.

Fast etwas betroffen beendete Kollege Kolke den letzten Satz seiner Wahrnehmung.

Die kompletten Gespräche wurden natürlich aufgezeichnet und gingen mit den Beamten auf das Revier. Durch diese Aussagen kam jetzt endlich etwas Licht in den Fall. Hauptkommissar De Marco informierte den leitenden Oberstaatsanwalt von der neuen Sachlage und vereinbarte sofort mit ihm einen Termin für eine weitere Pressekonferenz.

Um achtzehn Uhr wurde sie im Präsidium durch den Pressesprecher eröffnet. Der Andrang der Journalisten war nicht mehr ganz so groß wie gestern.

Trotzdem war der Saal gut gefüllt und als Hauptkommissar De Marco mit seinen Ausführungen begann, waren jedes Mikrofon und alle Kameras auf ihn gerichtet. Nach den Förmlichkeiten schilderte er die Neuigkeiten in seinen Worten.

Das Motiv sei mittlerweile eindeutig.

„Es war eine Beziehungstat, Herr Doktor Motzen wurde von dem Verdächtigen, Herrn Benno Troll, aus persönlichen Gründen erschossen.

Das Tatmotiv liegt im unmittelbaren Arbeitsbereich der beiden. Nach übereinstimmenden Zeugenaussagen hegte der Überführte bereits im Vorfeld der Tat den Wunsch, Herrn Doktor Motzen zu schädigen. Dem Ganzen gingen mehrere Demütigungen seiner Person durch Herrn Doktor Motzen voraus. Weitere Einzelheiten sind uns momentan noch nicht bekannt. Wir werden aber in dieser Richtung weiter ermitteln.“

Mit diesen Worten beendete er seine Schilderung über ein mögliches Tatmotiv.

Nach einer kurzen Pause wurden die Mikrofone den anwesenden Journalisten gereicht.

Am Tisch des Pressesprechers saßen neben dem Hauptkommissar der Oberstaatsanwalt Knoll, der Pathologe Doktor Berger und die Psychologin Frau Doktor Sommer.

◆ ◆ ◆

Herr Ladroff vom Stuttgarter Tagblatt stellte die erste Frage an die Expertenrunde: „Um welche Demütigungen hat es sich denn da gehandelt?"

Die Frage war an den Herrn Oberstaatsanwalt Knoll gerichtet. Der Vertreter der Anklage holte bei seinen Ausführungen etwas weiter aus und wurde erst konkret mit seiner Aussage:

„Herr Troll muss über einen längeren Zeitraum in seinem Arbeitsbereich psychisch schwer misshandelt worden sein. Wir gehen momentan davon aus, das Doktor Motzen, nein, bitte lassen Sie mich den Satz anders beginnen, das Herr Troll empfunden haben muss, von seinem Chef, Herrn Doktor Motzen, über Jahre schikaniert geworden zu sein." „Wollten Sie damit sagen, das der Täter von seinem Chef all die Jahre gemobbt worden ist?" hakte Herr Ladroff nach.

„Die neue Medizin würde das so nennen", unterbrach Frau Doktor Sommer den Fragenden.

„Ja, dieser Begriff ist durchaus angebracht und alle Anzeichen deuten darauf hin."

„Wie macht sich Mobbing beim Betroffenen bemerkbar?" lautete die nächste Frage aus dem Kreis der Anwesenden an die Psychologin.

„Mobbing ist ein Begriff, der in den deutschen Büros immer mehr um sich greift. Laut dem Statistischen Bundesamt haben jährlich über zwei Millionen Menschen in der Arbeitswelt mit dem Phänomen Mobbing zu tun. Die eine Hälfte mobbt, die andere wird gemobbt, Tendenz steigend."

„Wie konnte sich diese Unart in der letzten Zeit so verbreiten?" „Tja, dieser Frage sind wir schon oft auf den Grund gegangen, ohne aber letztlich eine Antwort gefunden zu haben.

Nach den ersten Ermittlungen in diesem speziellen Fall müssen wir davon ausgehen, das der Täter vom Opfer unter Druck gesetzt wurde.

Am Anfang ein wenig, später hat er seine Übergriffe in kürzeren Zyklen und größeren Aktionen immer mehr ausgeweitet.

Hat dann ein Mensch keine Hilfe, beziehungsweise niemanden, dem er sich anvertrauen kann, kommt es zu Störungen seines Innenlebens.

Er verliert an Selbstwertgefühl, er kann nicht mehr schlafen, er wird aggressiv, kurz gesagt, er verändert seine gesamte Persönlichkeit. Der Druck baut sich immer weiter auf und kommt dann durch verschiedenste Handlungen zum Vorschein. Eine davon kann durchaus solch eine Tat sein." Durch die sachkundige Erklärung von Frau Doktor Sommer war es etwas ruhiger im Presseraum geworden.

Diese Erklärung musste sich erst etwas setzen. Aus dem Nichts und fast ein wenig unsicher kam dann die Frage:

„Kann die Staatsanwaltschaft bei der bisherigen Sachlage die Anklage auf Mord aufrechterhalten, Herr Knoll?"

„Die heutigen Erklärungen der Pressekonferenz sind gewisse Hinweise, die aber noch nicht so gefestigt sind, das man schon von konkreten Beweisen sprechen kann.

Und eines muss uns klar sein, meine lieben Vertreter der Presse, die momentane Aktenlage lässt nur einen Schluss zu, und das ist ganz klar Mord.

Herr Benno Troll hat ohne irgendeine Vorwarnung seinen Chef und Geschäftsführer Herrn Doktor Motzen kaltblütig erschossen. Sollten sich die Hinweise, wie sie in der Pressekonferenz angesprochen worden sind, erhärten, wird man den Anklagepunkt sicher noch einmal prüfen."

Die anwesenden Journalisten waren sich in ihrer Meinungsfindung nun nicht mehr so einig wie am Tag zuvor.

Spekulationen waren jetzt wieder Tür und Tor geöffnet, wie man am nächsten Morgen auch in den verschiedensten Zeitungen lesen konnte.

„Wenn keine weiteren Fragen mehr gestellt werden, schließen wir die heutige Pressekonferenz.

Ich bedanke mich für Ihre Aufmerksamkeit und wünsche allen noch einen schönen Tag."

Der Tag war für die dreiköpfige Sonderkommission noch nicht vorbei. Nach dem Stand der Ermittlungen waren die Aussagen des Kollegen Brück und vor allem vom Täter selbst noch sehr dürftig. Hauptkommissar De Marco hatte auf Grund der Neuigkeiten, die am nächsten Tag sicher die Titelseiten der Zeitungen zieren würden, einen Ansatz für eine weitere Zeugenaussage von Herrn Brück. Wenn Herr Brück über die Aussagen seiner Kollegen in der Presse informiert wurde, müssten bei ihm auch die Hemmungen etwas fallen, die beim ersten Gespräch noch allgegenwärtig gewesen waren.

◆ ◆ ◆

Seine Strategie für den nächsten Tag sah folgendermaßen aus: „Um neun Uhr gehe ich mit dem Kollegen Katisch ins Gefängnis.

Wir konfrontieren den Tatverdächtigen mit den Aussagen seiner Kollegen und ich erhoffe mir da schon eine Reaktion. Parallel dazu gehen zwei Kollegen nochmals in die Wohnung des Tatverdächtigen und suchen nach Hinweisen, die auf Mobbing schließen lassen. Wir treffen uns gegen Mittag im Präsidium, besprechen die Neuigkeiten und werden dann gegen vierzehn Uhr Herrn Brück, Herrn Trolls engstem Kollegen, eine Vorladung zukommen lassen

Bei allen Zeitungen, die am nächsten Morgen in den Kiosken, in den Zeitschriftenläden oder in Bahnhöfen verkauft wurden, war das Thema auf der Titelseite vertreten, bei den Tageszeitungen etwas schlichter, in der Boulevardpresse dagegen sehr populistisch und großzügig. Sehr kontrovers wurde über die gestrige Pressekonferenz im Polizeipräsidium berichtet: von „Mobbing, ein Mann sieht rot, Chef tot“, wie es die Bild-Zeitung in ihrer Art berichtete, bis hin zu „Staatsanwaltschaft hält an der Mordanklage fest" aus der konservativen Ecke der Süddeutschen Zeitung.

Auf Grund der unterschiedlichen Berichterstattung gingen natürlich auch die Meinungen in der Bevölkerung weit auseinander.

Im Bus, in den Cafés, am Arbeitsplatz, in den Familien, überall war das Thema gegenwärtig.

Die Tatsache, das die Zeitungen so dominant über den Fall berichteten, spielte Hauptkommissar De Marco sehr entgegen, denn er ging davon aus, das Bennos Exkollege Brück nach einem Blick in die Zeitung und mit etwas Abstand das Ganze mit wesentlich anderen Augen betrachten würde und heute bei seiner Aussage den Ermittlern weitere Details liefern könnte.

Die Hotel-zimmer der Stadt waren alle ausgebucht. Journalisten, Fernsehteams und vor allem viele Schaulustige behinderten das öffentliche Leben doch sehr.

Diesen Umstand bekamen die Beamten bei der Fahrt zum Gefängnis am eigenen Leibe zu spüren.

Normalerweise fuhr man die Strecke in gut fünfzehn Minuten, heute brauchten die Kommissare über zwanzig.

Nach der Abgabe der Waffen und dem Registrieren an der Gefängnispforte wurden De Marco und Katisch von einem Justizvollzugsbeamten in das Verhörzimmer gebracht.

Dort saß der zu Verhörende auf einem schlichten Stuhl ohne Armlehne.

Seine beiden Hände waren mit Handschellen verbunden.

Bevor sie den Raum betraten, trennten sie sich.

Kommissar Katisch ging in das angrenzende Zimmer, in dem er die Möglichkeit hatte, das Verhör mitzuerleben, ohne das man ihn sehen oder hören konnte. Hauptkommissar De Marco ließ sich die schwere Eisentür von dem Beamten öffnen. „Guten Morgen, Herr Troll, ich bin der ermittelnde Kommissar in der Strafsache Doktor Motzen. Mein Name ist De Marco."

Der Untersuchungshäftling erwiderte den Gruß und war gespannt, was jetzt alles auf ihn zukommen sollte.

Benno hatte schon die zweite Nacht durchgeschlafen und fühlte sich innerlich sehr gefestigt.

Er war jetzt auch in der Lage, über das Geschehene Auskunft zu geben.

Das Gefühl in sich kannte er nicht. Auf der einen Seite fühlte er sich befreit von einem inneren Druck, dem er fast erlegen wäre, zum anderen hatte er doch ein großes Unrecht begangen.

Diese Wahrnehmung der Befreiung vom inneren Druck überwog jedoch die Realität um Welten. Die bewusste Wahrnehmung, das er einen Menschen getötet hatte, berührte ihn in keiner Weise und er ließ den Gedanken, das er eine Straftat begangen haben sollte, einfach nicht zu.

Aus dieser Stimmung heraus war der Untersuchungshäftling bereit, auf die Fragen des Hauptkommissars zu antworten. Die Frage, ob er denn einen juristischen Beistand benötige, verneinte Benno fast wie selbstverständlich. Im Verhörraum waren Kameras und Mikrofone gut platziert, die in der Folgezeit die Geschehnisse detailliert festhielten.

Hauptkommissar De Marco war sich noch nicht ganz sicher, wie er die Vernehmung von der taktischen Seite her angehen sollte. Nach einer kurzen Einführung stellte der Ermittler Benno die Frage, warum es zu dieser Straftat kam, die er ja schon gestanden hatte. Benno Troll sprach gefasst und ganz ruhig über sein Martyrium. „Herr Hauptkommissar, ich musste es machen! Der enorme Druck, der sich über Jahre angestaut hatte, war nicht mehr unter Kontrolle zu halten. Ich bin fast wahnsinnig geworden, jede Nacht mindestens einen Albtraum, keine Freunde mehr, keine Achtung vor mir selber und vor allem keine Kraft mehr, um mich dagegen aufzubäumen. Es gab nur zwei Möglichkeiten, mich von der großen Last zu befreien. Die erste war die, die mich hierher gebracht hat, und die zweite wäre ein Selbstmord gewesen.

Ich war schon über zwanzigmal auf dem Dom und wollte mich herunterstürzen, nur mir fehlte immer der Mut, um das Ganze durchzuziehen."

Bei seinem letzten Satz verlor Benno ein wenig seine Haltung und war den Tränen sehr nahe.

„Beschreiben Sie bitte den großen Druck und wer dafür verantwortlich war, Herr Troll."

Benno schilderte den kompletten Ablauf seiner letzten Jahre; jedes Detail, und war es noch so klein, wurde durch Benno Troll wieder zum Leben gebracht.

Er schilderte mit Hingabe die Attacken, die ihm im Verlauf seiner Leidenszeit täglich widerfahren waren.

Die Aufnahmegeräte hielten die ergreifenden Worte und das gestenreiche Gesicht mit all seinen Facetten bis zum

Schluss fest. Erst nach gut zwei Stunden beendete der Untersuchungshäftling seinen Monolog mit den Worten:

„Herr Hauptkommissar, machen Sie mit mir, was Sie wollen, was jetzt auf mich zukommt, ist beileibe nicht so schlimm, wie das, was ich in den letzten Jahren erleiden musste."

De Marco unterbrach Benno tatsächlich kein einziges Mal und beendete das auch für ihn sehr anstrengende Gespräch ruckartig. Der Häftling wurde von einem Justizbeamten wieder in seine Zelle zurückgebracht. Die anwesenden Beamten sprachen einige Minuten kein Wort über das soeben Gehörte und stellten auch keine Mutmaßungen über offene Fragen an. „Was denkst du, Achim", fragte Hauptkommissar De Marco seinen Kollegen Katisch. „Kann das alles wahr sein? Kann ein Mensch die-se Art der Erniedrigungen so lange aushalten?"

Kollege Katisch gab keine Antwort auf die Frage, er konnte nichts erwidern, er stellte sich diese Fragen selbst.

Die Beamten verließen das Gefängnis mit den ge-sammelten Bild- und Tonaufzeichnungen und fuhren zurück ins Präsidium.

Im Auto diskutierten die beiden jetzt sehr angeregt über das Verhör. Der Gedanke, gemobbt zu werden, schwirrte in beiden Köpfen herum.

Selbst sie hatten in ihrem Berufsleben schon mehrmals Erlebnisse, die sich in diese Richtung bewegten.

Die Frage, die sich die beiden Kommissare am häufigsten stellten, war die der Glaubwürdigkeit, war es tatsächlich so, wie es ihnen der Untersuchungshäftling mitgeteilt hatte?

Es war sehr schwer für die beiden, sich hierüber eine objektive Meinung zu bilden.

Immerhin standen acht Aussagen von Managern der oberen Führungsriege dagegen, die Herrn Doktor Motzen als sehr ruhigen und kollegialen Chef bezeichnet hatten.

Das Auto mit den beiden Kollegen stand schon eine Weile auf dem Parkplatz im Innenhof des Polizeipräsidiums, als das Thema immer noch Gegenstand ihres Gespräches war.

Binnen kurzer Zeit brachten sie die Aufzeichnungen ins Büro.

Auf eine große Pinnwand steckten sie farblich gekennzeichnete Pappstreifen mit Nadeln. Die Aussagen der Manager waren blau. Das Geständnis Benno Trolls war grün und die Antworten von Bennos Arbeitskollegen waren gelb. Jede Aussage auf einen kleinen Karton. Im Nebenzimmer wartete Herr Brück, der von den Beamten eine Vorladung erhalten hatte, auf seine Vernehmung. Er machte auf die Ermittler einen ganz normalen Eindruck.

Es saß ein ganz anderer Mensch vor ihnen. Keine feuchten Hände, kein Blick, der auf den Boden gerichtet war, und auch die Art der Kommunikation war dieses Mal seriös.

Er hatte das Bedürfnis, seine Aussage aus der ersten Befragung zu korrigieren. „Herr Hauptkommissar De Marco, meine Antworten bei der letzten Vernehmung waren nur bedingt wahr, ich möchte sie heute gerne richtigstellen."

Bennos Kollege hatte auf Grund des großen öffentlichen Interesses und auch der kippenden Meinung, das es kein Mord gewesen sein sollte, seine innere Einstellung bestätigt bekommen und war jetzt auch selbstbewusst genug, seine Erlebnisse in der Firma wahrheitsgetreu zu schildern.

Die Berichterstattung des Herrn Brück deckte sich im Großen und Ganzen mit dem, was die Beamten schon von den Kollegen erfahren hatten.

Auffällig für die Ermittler waren die Attacken von Doktor Motzen gegenüber dem Täter, die sehr heftig waren und sich über Jahre hingezogen hatten, ohne das sich jemand dagegengestellt hatte. Meist waren bei den Erniedrigungen mehrere Abteilungsleiter und Kollegen von Benno anwesend.

Nach gut einer Stunde konnte Herr Brück das Polizeipräsidium wieder verlassen und ihm war es jetzt wesentlich wohler als bei seiner Ankunft.

Es ging ihm ähnlich wie Benno, er hatte sein Innenleben gesäubert, wenn auch auf eine andere Art. Die Aussagen von Herrn Troll und Herrn Brück hinterließen bei den Ermittlungsbeamten einen nachhaltigen emotionalen Eindruck, den sie jetzt gemeinsam verarbeiteten. Die Beamten der SoKo Doktor Motzen analysierten die Berichte, werteten die Verhörprotokolle aus und versuchten, den Tag der schrecklichen Tat wie ein Puzzle zu einem gemeinsamen Bild zusammenzusetzen.

Der Bericht, den Hauptkommissar De Marco am nächsten Morgen Oberstaatsanwalt Knoll vorlegte, war sachlich solide verfasst. Die Ausführung der Tat war ein kaltblütiger Mord.

Aus der Sicht des Täters könne man anhand der Zeugenaussagen von der Befreiungstat eines Genötigten sprechen.

Die Situation war nicht eindeutig. Ergab sich hieraus eine eindeutige Mordanklage, eine Anklage wegen Totschlags, oder war die Tat Notwehr?

♦ ♦ ♦

Der Oberstaatsanwalt hörte sich die Worte des Hauptkommissars an und antwortete den beiden, ohne in die Akten Einsicht zu nehmen.

Die Zeitungsberichte und die Beiträge in der Tagesschau hätten bei der Landesregierung und bei gewissen Stellen etwas Unruhe entfacht. Immerhin war Doktor Motzen ein Mann, der in der Öffentlichkeit stand, Beziehungen bis ganz oben hatte und als unbescholtener und korrekter Bürger angesehen wurde. Was er damit sagen wolle, sei, das Doktor Motzen auf gar keinen Fall in ein schlechtes

Licht gerückt werden dürfe. „Meine Herren, ich darf Sie bitten, bei den nächsten öffentlichen Auftritten, vor allem Pressekonferenzen, den Mann nicht mit negativen Vermutungen in Verbindung zu bringen.

Herr De Marco, Herr Katisch, ich hoffe, das ich mich deutlich genug ausgedrückt habe." Er stand auf und ließ die beiden Kommissare sitzen. Die schauten sich an und konnten sich keinen Reim auf die Worte des Oberstaatsanwalts machen.

Es war zwar bekannt, das Doktor Motzen der regierenden Partei sehr nahestand und auch schon öffentlich als ihr Wohltäter aufgetreten war; wenn das allerdings ein Grund wäre, die Ermittlungen einseitig zu führen, dann könnte sich das Rechtsempfinden in der Demokratie moralisch nicht mehr lange halten.

Nach einer kurzen Denkpause kamen die beiden zu folgender Überlegung: Die Protokolle der Aussagen von Herrn Trolls Kollegen und der vom Täter deckten sich in den entscheidenden Passagen. Die Vernehmungen der Bereichsleiter hatten alle die gleichen, nichtssagenden Wortpassagen, wie man sie aus der Politik kennt.

Alle berichteten sehr ausführlich, ohne aber auf den Punkt zu kommen. „Wir müssen die betroffenen Führungskräfte noch einmal anhören und sie erneut mit den Vorwürfen der Kollegen von Benno Troll konfrontieren."

Mit dieser Erkenntnis beendeten die beiden Kommissare ihren Arbeitstag und verließen das Polizeipräsidium spät am Abend. Parallel zu den laufenden Ermittlungen und auf Grund der Medienberichterstattung fühlte sich eine große Menge der Bevölkerung von Benno Trolls Schicksal angesprochen. Vielen war es so oder ähnlich in ihrem Berufsleben auch schon ergangen, beziehungsweise erging es immer noch so. Die ersten Leserbriefe wurden in den großen deutschen Tageszeitungen gedruckt, Kommentare wurden im Anschluss an Nachrichten gesendet, die das Thema Mobbing am Arbeitsplatz das erste Mal ernsthaft aufgriffen:

Diese Unsitte, die an so vielen Arbeitsplätzen in Deutschland existiert, die man aber nie ansprechen darf und unter der doch eine so große Zahl Tag für Tag zu leiden hat. Der Zuspruch, den Benno Troll jetzt erfahren durfte, war überwältigend.

Der Postbote brachte täglich zwei volle Säckchen mit Briefen, die ausschließlich seine Adresse hatten.

Die Briefe wurden gesammelt, denn der Kontakt nach draußen war ihm verboten, solange er als Verdächtiger in Untersuchungshaft saß. Diese Tat hatte ein ganzes Land wachgerüttelt. Wie ging die Politik damit um?

Das passte natürlich überhaupt nicht in ihre Welt, die uns ja täglich ganz etwas anderes vorgibt. In den Ministerien, vor allem im Justiz- und im Innenministerium, herrschte jetzt große Aufregung. Die Außendarstellung des Falles machte es den ermittelten Beamten nicht unbedingt leichter.

Das bekamen die beiden Kommissare gleich am nächsten Morgen zu spüren. Bevor sie mit den weiteren Ermittlungen beginnen konnten, mussten sie noch einmal bei Oberstaatsanwalt Knoll vorstellig werden. Der wiederholte im Wesentlichen die Worte der letzten

Besprechung, nur diesmal mit einer Deutlichkeit, die eindeutig war.

„Kein schlechtes Wort über Doktor Motzen darf in die Öffentlichkeit gelangen, meine Herrn Hauptkommissare. Die Pressekonferenzen werden ab sofort vom Pressesprecher gehalten. Sie sprechen mit niemandem über den Fall! Ist das klar?" Und mit diesem Nachsatz wollte er noch einmal ganz klar zu verstehen geben, das man nicht immer alle Fakten der Presse mitteilen sollte.

Mit der Vorgabe des Oberstaatsanwalts Knoll begannen die beiden den heute anstehenden Verhörmarathon.

Es war geplant, das alle Bereichsleiter noch einmal intensiv über die Vorgänge befragt werden sollten. Kommissar Katisch ging die Namen der Reihe nach noch einmal durch.

Herr Häberle, Personalwesen, Herr Burschy, Vertrieb, Herr Stein, Instandsetzung, Herr Sykorski, Qualitätswesen, Herr Köping, Einkauf, Herr Möger, Entwicklung, Herr Wirsching, Konstruktion, Herr Öfele, Produktion, und Herr Van Nielsen, technische Geschäftsführung.

Wie bei allen vorhergehenden Vernehmungen wurden auch diese Gespräche aufgezeichnet, um später noch Erkenntnisse daraus gewinnen zu können. Gegen acht Uhr zwanzig wurde Personalchef Häberle in den Verhörraum gebeten. Schwarze Haare, blaue Augen, leicht untersetzt.

Nach einigen Angaben zu seiner Person wurde er von Hauptkommissar De Marco bezüglich des Verhältnisses zwischen dem ermordeten Doktor Motzen und dem der

Tat dringend Verdächtigen Benno Troll befragt. Herr Häberle holte sehr weit aus und beschrieb die Zeit, zu der Benno Troll noch das Amt des Personalratsvorsitzenden innehatte.

Dort habe es oft Ärger zwischen den beiden gegeben. Und in diesem Zusammenhang schilderte der Personalleiter die sehr lauten Gespräche, denen er auf Grund seiner Tätigkeit mehrmals beiwohnen musste. Nach dem dritten Beispiel des Herrn Häberle unterbrach Kommissar Katisch den Befragten mit den Worten: „Herr Häberle, bitte entschuldigen Sie, das ist doch ein ganz normaler Vorgang, wenn jeder für seine Sache kämpft und nicht gleich klein beigibt." „Ja", schluchzte Häberle, „schon, aber es waren doch beide sehr dickköpfig, und so wurde über einfache Probleme oft wochenlang verhandelt und gestritten, ohne das etwas herausgekommen ist.

In den letzten Jahren, in denen Herr Troll seiner Tätigkeit als Personalratsvorsitzender nicht mehr nachgegangen ist, haben wir eigentlich keinen engen Kontakt mehr gehabt." „Ist Ihnen in der letzten Zeit irgendetwas aufgefallen, das den Anschein erwecken könnte, das Herr Doktor Motzen Herrn Troll schikaniert, ihn schlecht behandelt oder in einer anderen Art missbraucht haben soll?"

„Selbst habe ich das nicht gesehen, es gab aber Gespräche, aus denen man vermuten konnte, das da irgendetwas in der von Ihnen genannten Art abgelaufen ist."

„Was waren das für Gespräche?" „Es waren Gespräche der oberen Führungsschicht des Unternehmens, zum Teil bei Geschäftsessen oder bei Kaffeepausen in diversen Treffen."

„Über was wurde da gesprochen?" hakte Kommissar Katisch nach. „Benno Troll musste immer als Sündenbock herhalten. Ihm wurden von meinen Kollegen viele Sachen in die Schuhe geschoben, die meist nur Halbwahrheiten waren, die aber Doktor Motzen gerne gehört hat und über die er sich immer Stichpunkte notierte. Je mehr man ihm sagte, desto freundlicher wurde die Stimmung des Geschäftsführers."

„Herr Häberle, Sie als Personalleiter eines so großen Unternehmens haben doch Menschenkenntnis, Sie haben doch einen Blick dafür, wie sich Menschen in gewissen Situationen verhalten. Darum möchte ich gerade Ihre Meinung über ein mögliches Motiv hören und darum frage ich Sie: Warum erschoss Herr Benno Troll Ihren Geschäftsführer Herrn Doktor Motzen, Herr Häberle?"

„Des kann i Ihnen net saga", erwiderte der Personalleiter, diesmal in seiner schwäbischen Muttersprache. „I kanns Ehna ehrlich nit saga", und mit diesen Worten bekräftigte er noch einmal seine erste Antwort. Die Beamten erkannten bei dem Zeugen ein leichtes Unbehagen und bemerkten auch, das Herr Häberle wohl nicht alles gesagt hatte, was er wusste.

„Herr Häberle, wir wollen es fürs erste dabei belassen und beenden jetzt die Befragung." Mit diesen Worten erlöste Hauptkommissar De Marco den Zeugen. Sichtlich erleichtert stand der Personalleiter auf, verabschiedete sich von den Beamten und verließ eilig das Verhörzimmer im Polizeipräsidium.

Der Befragte brachte die beiden Ermittler auch nicht viel weiter. Sie notierten sich einige Passagen der Unterredung und tranken noch eine Tasse Kaffee, bevor der nächste Manager das Verhörzimmer betrat.

Der Bereichsleiter Vertrieb, Herr Burschy, saß bereits auf dem Stuhl am Tisch, als die zwei Kommissare eintraten und ihn begrüßten. Leichte Stirnglatze, braune Augen und ein kleiner Schnauzer über dem Mund. Nach der obligatorischen Belehrung beantwortete der Vertriebsleiter die Fragen der Beamten.

Ähnlich wie beim Kollegen Häberle kamen auf die wichtigen Fragen nur unzulängliche Antworten. Er beschrieb Doktor Motzen als großzügigen Chef, der in seinen Augen ein sehr gerechter Mensch gewesen sei.

Und Mobbing?

Nein, beim besten Willen konnte er sich das bei ihm nicht vorstellen. Da Vertriebsleiter Burschy die Tat selbst nicht miterlebt hatte, konnte er nach einigen weiteren Fragen zu seiner eigenen Person den Befragungsraum wieder verlassen. „Herr Burschy", rief Hauptkommissar De Marco dem Vertriebsleiter nach, „seit wann arbeiten Sie schon in der Position als Leitender Angestellter, der auch noch Prokura verliehen bekommen hat?"

„Seit zwölf Jahren", kam spontan die Antwort von ihm. „Vielen Dank!"

Als die beiden wieder alleine waren, fragte Kommissar Katisch den Hauptkommissar: „Was hatte die letzte Frage an Herrn Burschy mit dem Fall zu tun?"

„Ganz einfach", entgegnete De Marco, „Doktor Motzen und Herr Burschy sind zur gleichen Zeit in ihre neuen

Positionen gelangt. Doktor Motzen hat Burschy vom normalen Vertriebsmitarbeiter zum Leiter der Abteilung befördert. Auf Grund seiner Vorbildung hätte Herr Burschy niemals so eine Position erhalten können."

„Das leuchtet ein", antwortete Kommissar Katisch. Genau wie bei seinen Kollegen konnte die Ermittlungsbehörde auch bei Burschy keine weiteren Punkte sammeln, die dem Verfahren ein neues Fundament hätten geben können.

Herr Stein, der dem Bereich Instandsetzung vorstand, wurde als nächster Zeuge befragt. Schwarze Haare, graublaue Augen, große Augenbrauen und sehr korpulent, so stand er im Raum.

Auch dieses Mal kam nichts Neues an die Ohren der beiden Ermittlungsbeamten.

Nach einer guten Stunde beendeten die Ermittler die Befragung und verabschiedeten Herrn Stein mit dem gleichen Ergebnis wie bei seinen Kollegen.

Neben ein paar spärlichen Notizen war immer der Zusatz „unglaubwürdig" auf dem Protokoll als Notiz hinterlegt. Auch alle weiteren Befragungen ergaben nichts Neues.

„Verdammt, wir kommen so nicht weiter, wir werden von den Herren nur vorgeführt", mit diesen Worten verschaffte sich De Marco zwar etwas Luft, ohne aber der Lösung auch nur einen Schritt entgegenzukommen. Etwas genervt entschlossen sich die Beamten, die Aktion für heute zu beenden und nach weiteren Möglichkeiten zu suchen.

Parallel zu den Befragungen des oberen Managements erhielt Ben-no Troll im Untersuchungsgefängnis weiterhin sehr viel Post. Der Grund dafür war die in letzter Zeit sehr positive Berichterstattung in den Medien. Da er als Untersuchungshäftling keine Post erhalten durfte, wurden die immer mehr werdende Briefstapel bei der Gefängnisdirektion zwischengelagert.

Tausende von Menschen sahen sich auf einmal in einer ähnlichen Rolle wie Benno. Der Inhalt der Post hatte fast immer den gleichen Wortlaut. Hier fühlten sich die Menschen aus allen Teilen Deutschlands und aus unterschiedlichen sozialen Schichten voll angesprochen.

Den meisten war es ähnlich ergangen beziehungsweise erging es immer noch so. Das Thema Mobbing wurde in der Öffentlichkeit meist totgeschwiegen.

Dieses brisante Thema verdrängte die Öffentlichkeit sehr gerne, denn es passte nicht in eine intakte Welt, wie sie uns Tag für Tag immer wieder vorgegaukelt wird. In den nächsten Tagen erhöhten sich die Briefzustellungen enorm. Jetzt waren es schon über dreitausend Zustellungen täglich, nur für den Untersuchungshäftling Benno Troll. Dieses Phänomen hatte eine Dynamik entfacht, der sich die Menschen, die Medien und die Politik nicht mehr entziehen konnten.

Selbst die in Deutschland so beliebten Talk-Shows hatten jetzt in der besten Sendezeit das Problem Mobbing in ihren Programmen. Dieses emotionale Thema brachte wie bei allen Sonntagabend-Shows viel Kontroverses zutage, und Hanne Bill hatte als Moderatorin alle Hände voll zu tun, um den verbalen Attacken ihrer Gäste standzuhalten. Politiker, die nur gesehen werden wollten und nur selten konstruktiv diskutierten, Sachverständige, denen kaum ein Anwesender vom Inhalt her folgen konnte, Betroffene, die mit Perücke und dunkler Sonnenbrille unkenntlich gemacht wurden, die sehr emotional ihre Lebensgeschichte zum Besten gaben, und natürlich Psychologen. Das weiter wachsende Interesse der Öffentlichkeit brachte den Oberstaatsanwalt Knoll mit der Mordanklage, die er nach wie vor aufrechterhalten hatte, in einen Konflikt.

Seine Trumpfkarten waren die Manager des Unternehmens, die Doktor Motzen bei den Befragungen, die mittlerweile abgeschlossen waren, allesamt als tadellosen Menschen dargestellt hatten. Sollte er die Mordanklage weiter verfolgen, dann wären diese Zeugen seine einzige Option, um den Fall für ihn erfolgreich durchzuboxen.

Seine Strategie war klar, er musste das positive Image, das Benno Troll mittlerweile in der Öffentlichkeit gewonnen hatte, wieder kippen.

Am besten konnte er dies bei einer von ihm selber einberufenen Pressekonferenz im Polizeipräsidium. Er ließ über den Pressesprecher verlauten, das sich neue Beweise im Fall Doktor Motzen ergeben hätten. Der Generalstaatsanwalt, der aus politischen und persönlichen Gründen Herrn Doktor Motzen nur als Opfer und nicht als Täter sehen wollte, saß ihm auch im Nacken. Dieser Meinung schlossen sich auch Vertreter des Bundestages, der Landesregierung, der Stadt und auch die Spitzen der ansässigen Großindustrie an. Doktor Motzen stand all diesen Menschen sehr nahe, da er in seiner Zeit als Firmenchef vielen von ihnen mit Geschenken geholfen hatte und im Gegenzug für sich und das Unternehmen die eine oder andere Gefälligkeit erfahren durfte. Und so wurde die Pressekonferenz mit großer Spannung erwartet. Am nächsten Morgen herrschte große Nervosität im Polizeipräsidium. Oberstaatsanwalt Knoll lud um neun Uhr den Polizeipräsidenten, die beiden Hauptermittler, die Kommissare De Marco und Katisch, sowie den Pressesprecher Schmitz zu einem Gespräch über die bevorstehende Pressekonferenz ein.

„Guten Morgen, meine Herren, vielen Dank für Ihr pünktliches Erscheinen", mit diesen Worten eröffnete der Leiter der SoKo Doktor Motzen die Gesprächsrunde.

„Heute Nacht habe ich mir alle Aufzeichnungen über die Befragungen der Zeugen, des Umfeldes und des Täters mehrmals angesehen und bin zu dem Schluss gekommen, das die Staatsanwaltschaft Herrn Benno Troll des Mordes bezichtigt und ihn deshalb anklagen wird.

Wir dürfen uns von den Medien nicht täuschen lassen", fuhr er fort, während er zu einem Flip Chart ging, um den Anwesenden die Fakten noch einmal im Detail zu erläutern.

„Erstens, der Festgenommene hat ein umfangreiches Geständnis abgelegt. Zweitens, alle Bereichsleiter des Unternehmens haben übereinstimmend Herrn Doktor Motzen als unbescholtene Führungskraft dargestellt. Drittens, Aussagen aus dem Umfeld des Täters haben mehrfach von Problemen und Schwierigkeiten zwischen Täter und Opfer gesprochen. Das mag auch durchaus sein, aber, und das möchte ich hier noch einmal ganz klar herausstellen, es ist bei den in der Vergangenheit bekannten Auseinandersetzungen nie zu einer spontanen Reaktion des Täters gekommen.

Die Tat auf dem Firmenparkplatz war heimtückisch, vorsätzlich und ist in keiner Weise zu entschuldigen. Ich fordere Sie noch einmal auf, diese Fakten nicht außer Acht zu lassen. Kommissar Schmitz, Sie würden uns einen großen Dienst erweisen, wenn Sie sich heute Nachmittag bei der Pressekonferenz an meine Worte erinnern und das Thema Notwehr in keiner Weise ansprechen."

Mit der Aufforderung „Wer hat noch Fragen?" beendete Oberstaatsanwalt Knoll seine Ausführungen und ließ die Runde noch etwas diskutieren.

Der Polizeipräsident unterstützte den Oberstaatsanwalt Knoll insofern, als er die brisante politische Lage noch einmal in Erinnerung brachte.

Die beiden Ermittlungsbeamten schauten sich fragend an, ohne jedoch auch nur ein einziges Wort zu sagen.

Nach einigen organisatorischen Themen löste sich die Versammlung auf und alle warteten gespannt auf die Pressekonferenz am Nachmittag. Neben dem Oberstaatsanwalt Knoll platzierte sich der Polizeipräsident Schreiner in der Mitte des Tisches.

Rechts daneben saß Pressesprecher Schmitz und außen vervollständigte der Gefängnispsychologe die Runde.

Die Situation war sehr brisant. Auf der einen Seite die Öffentlichkeit und die meisten Pressevertreter, die Benno Troll eher als Opfer sahen. Demgegenüber die Staatsanwaltschaft, die auf Grund ihrer Ermittlungen den Vorsatz der Tötung als gegeben ansah und deshalb

Benno Troll als Mörder überführen wollte. In seiner Begrüßungsansprache betonte der Pressesprecher Schmitz noch einmal, das man sich in erster Linie um die Fakten und nicht um Spekulationen, die ja in der Vergangenheit die Öffentlichkeit sehr verunsichert hatten, zu befassen habe.

Im Anschluss daran schilderte der Polizeipräsident noch einmal sehr ausführlich den bisherigen Verlauf der Ermittlungen. Er wiederholte im Wesentlichen die schon bekannten Fakten, ging am Ende seines Berichtes erneut intensiv auf die Aussagen der Bereichsleiter ein, indem er noch einmal ganz klar herausstellte, das die Argumente des Täters, er sei ungerecht behandelt worden, von ihnen klar widerlegt worden waren.

Somit seien die Ermittlungen abgeschlossen und über den weiteren gerichtlichen Ablauf werde sie der Oberstaatsanwalt Knoll in Kenntnis setzen.

Nach den Begrüßungsworten informierte dieser die Anwesenden über den weiteren Verlauf des Verfahrens.

„Wie Sie gerade gehört haben, sind die umfangreichen Ermittlungsarbeiten der Polizei abgeschlossen.

Das Ergebnis der Ermittlungen hat ganz klar ergeben, das es sich hier eindeutig um ein Morddelikt handelt.

Folgerichtig wird die Staatsanwaltschaft die Mordanklage aufrechterhalten und diese auch im Prozess beweisen.

Das Verfahren gegen Herrn Benno Troll wird am 20. Oktober vor dem Oberlandesgericht eröffnet. Es sind drei Wochen für die Dauer des Prozesses veranschlagt worden. Bevor Sie jetzt die Fragen an uns richten, möchte ich noch den Gefängnispsychologen bitten,

Ihnen einen Zwischenstand der Untersuchungen darzulegen." „Der Tatverdächtige hat bei den ersten Untersuchungen kein abnormes Verhalten gezeigt. Er war sehr ruhig und auch kooperativ, das Geschehene aufzuarbeiten. Er ist nach meiner Meinung voll schuldfähig, nach dem Tathergang und dem Geständnis kann die Staatsanwaltschaft nur ein Verfahren wegen Mordes eröffnen." Mit den Worten „Meine Damen und Herren, ich bitte um Ihre Fragen!" erlöste Pressesprecher Schmitz die Anwesenden.

Aus der Schar der zur Berichterstattung angereisten Journalisten reckten sich viele Hände zum Himmel. Die ersten Fragen bezogen sich ausschließlich auf die Aussagen der Ermittler. Mit zunehmender Zeit widmeten sich die Fragen der anwesenden Medienvertreter wieder mehr dem Thema Notwehr.

„Warum erschießt ein, wie Sie uns gerade glaubhaft erzählt haben, ruhiger und kooperativer Mensch einfach so einen anderen?

Herr Oberstaatsanwalt Knoll, wir glauben, dass Sie uns da etwas vorenthalten haben!"

Mit dieser Frage hatte der Leitende Staatsanwalt insgeheim gerechnet und dementsprechend entgegnete er ganz lapidar, dass „das Ermittlungsverfahren keinen anderen Schluss zulässt. Und Gründe wird es sicher geben", fuhr er weiter fort, „nur ob sie ausreichen, jemandem nach dem Leben zu trachten, das wird die zentrale Frage bleiben."

Solche oder ähnliche Fragen wurden in den nächsten Minuten weiter gestellt, ohne Antworten zu bekommen, die der Sachlage dienlich gewesen wären. Pressesprecher Schmitz gelang es an diesem Tag hervorragend, die Brisanz aus den Fragen mit seiner Art der Redeführung etwas herauszunehmen.

Auch die anwesenden Journalisten erkannten, das es an diesem Tag nichts Neues zu schreiben geben würde. Nach genau einer Stunde verabschiedete Kommissar Schmitz die etwas enttäuschten Presseleute und beendete die Pressekonferenz im Polizeipräsidium. Sehr zufrieden verließen die Protagonisten des heutigen Tages den Raum, und erst jetzt konnten sie sich ein wenig erholen. Der politische Druck, der auf ihnen lastete, war in der Tat außergewöhnlich hoch, und sie konnten doch sehr zufrieden darüber sein, wie die Veranstaltung heute Nachmittag abgelaufen war.

Der makellose Ruf von Doktor Motzen in den Medien hatte wiederhergestellt werden können und darüber waren die Beteiligten erleichtert.

Da die großen Sender und Zeitungen Deutschlands einigen wenigen gehörten, die sehr wohl ein Interesse an einer guten Außendarstellung des Unternehmers hatten, war klar, das keine übermäßig kritischen Kommentare verbreitet wurden. Einigen Journalisten erging es ähnlich wie den Kommissaren De Marco und Katisch.

Sie hatten von ganz oben massiven Druck erfahren müssen, der ihnen unmissverständlich die Richtung vorgegeben hatte. An diesem Beispiel konnte man gut erkennen, das einige wenige in der Lage sind, ein ganzes Land zu manipulieren.

♦ ♦ ♦

Benno Troll saß jetzt seit acht Wochen in Untersuchungshaft und hatte von dem großen Rummel um seine Person nicht allzu viel mitbekommen. Einige prominente Anwälte waren auf Grund des großen öffentlichen Interesses auf den Fall aufmerksam geworden und hatten ihre Hilfe angeboten. Diese sah folgendermaßen aus: Das Honorar, das eine fünfstellige Höhe hatte, könnte der Angeklagte mit dem Verkauf seiner Exklusivgeschichte an eine große Boulevardzeitung locker bezahlen.

Ein Vorteil für Benno Troll wäre es sicherlich, wenn sich ein renommierter Anwalt seiner Sache annehmen würde, denn gerade in so einem Fall spielte die Öffentlichkeit eine große Rolle.

Und Anwälte mit einem großen Namen hatten das Gespür, wann sie diese einschalten oder eher außen vor lassen sollten.

Nur: Benno Troll hatte immer noch nicht das Empfinden, das er etwas Schlimmes verbrochen hatte. Aus diesem Grund ging er auch nicht auf das Angebot der prominenten Anwälte ein und behielt den von der Staatsanwaltschaft angebotenen Pflichtverteidiger.

George Fichtel war ein Anwalt, der noch keine große Erfahrung hatte.

Nach seinem Studium begann er in einer großen Kanzlei in Hamburg.

Er wurde bei Strafsachen eingesetzt, bei denen es zu körperlichen Schäden gekommen war, von einfacher Körperverletzung bis hin zu Morddelikten, bei denen ihm aber immer ein erfahrener Kollege zur Seite stand.

Anwalt George Fichtel wurde in der Vergangenheit schon mehrmals als Pflichtverteidiger bestimmt und hatte somit vor Gericht zumindest schon einige Erfahrungen sammeln dürfen, die er sicherlich auch brauchen würde, um ein so großes Verfahren erfolgreich durchzustehen.

Er gefällt mir, er passt zu mir, dachte Benno, als er Anwalt Fichtel das erste Mal sah und mit ihm die ersten Worte wechselte. Für Ben-no war es sehr wichtig, das sein Gegenüber eine offene Art hatte und diese auch zeigte. Bennos Anwalt schilderte seinem Mandanten den bisherigen Verlauf der Ermittlungen. Er erwähnte die große Anteilnahme der Bevölkerung, die ihm säckeweise Briefe zukommen ließ, Menschen, die ähnliches durchleben mussten, die daran gescheitert und jetzt seelisch am Ende waren.

George Fichtel erwähnte die kontroversen Pressekonferenzen mit all ihrem Auf und Ab.

Nach der eher weit gespannten Einleitung kam der Pflichtverteidiger auf den wichtigsten Punkt seines Besuches zu sprechen. Er bestätigte die Forderung der Staatsanwaltschaft, das die Anklage gegen seinen Mandanten auf Mord lautete. Er versuchte, dem

Untersuchungshäftling ganz langsam diesen schwerwiegenden Vorwurf klarzumachen.

Hier lag momentan noch der große Unterschied zwischen den beiden. Benno hörte die Anklageschrift, konnte aber damit noch nicht umgehen.

Er verdrängte das Thema ohne böse Absicht, da er immer noch dieses Erlösen, dieses Sprengen der enormen Umklammerung als Befreiung seines eigenen Ichs ansah und sich nicht als ein Mensch fühlte, der als Mörder vor einer Anklage stand.

Genau dieses Bewusstsein musste Bennos Verteidiger in ihm ändern, denn für die Justiz war Benno Troll ein Mörder. Das Gespräch endete nach gut zwei Stunden und George Fichtel verließ das Gefängnis mit vielen offenen Fragen. Benno Troll wurde nach einer Woche in eine Justizvollzugsanstalt verlegt, in der bereits verurteilte Häftlinge und Untersuchungsgefangene inhaftiert waren.

Noch eine Änderung kam jetzt auf den Untersuchungs-häftling Troll zu:

Er wurde mit zwei weiteren U-Häftlingen in eine Zelle gesperrt. Er hatte ab sofort die Möglichkeit, sich mit anderen auszutauschen. Alle drei waren eines Gewaltverbrechens beschuldigt und warteten auf ihren Prozess. Es tat Benno gut, ja, er konnte sich wieder unterhalten, er hatte jemanden, zu dem er wieder etwas sagen konnte. Da er die letzten Wochen in Einzelhaft verbracht hatte, musste er dieses Defizit schnell ausgleichen, indem er seine Tat in aller Offenheit seinen Mitinhaftierten erzählte.

Seine Zellenmitbewohner waren der Justiz bestens bekannt, da sie schon wiederholt mit dem Gesetz in Konflikt geraten waren. Achmet Y. und Ladislav P. wurde wegen eines gemeinschaftlichen Überfalls mit Geiselnahme der Prozess gemacht.

Benno hatte noch keine zehn Minuten von seiner Geschichte erzählt, als ihn Achmet Y. mit den Worten „Ey Kumpel, hör auf mit der Scheiße, sonst stopf' ich dir dein Maul" über den Mund fuhr. Diese Anmache schockte Benno, denn so einen Umgang hatte er in seinem bisherigen Leben eher gemieden.

Doch jetzt konnte er es nicht einfach ignorieren, denn die drei teilten sich auf nicht absehbare Zeit diese Zelle mit sieben Quadratmetern.

Der Umgang mit den Gewaltverbrechern verunsicherte den eher sensiblen Benno gewaltig. Und so kamen jetzt schwere Zeiten auf ihn zu. Zur gleichen Zeit bereitete die Staatsanwaltschaft die Anklage vor.

Den bereits abgeschlossenen Ermittlungen folgten noch einige Berichte von Sachverständigen, die sowohl den Täter als auch das gesamte Umfeld aller, die in irgendeiner Weise mit dem Fall zu tun hatten, durchleuchteten. Die Akten für den Prozess wurden von Tag zu Tag dicker.

Auf Grund der einseitigen Berichterstattung in den Medien verlor der Fall etwas an seiner Außenwirkung. Der Zuspruch, den Benno Troll nach seiner Tat von vielen erhalten hatte, ließ nach, denn nur die, denen ähnliches in ihrem Berufsleben widerfahren war, schrieben dem Untersuchungshäftling nach wie vor und spendeten ihm damit viel Trost und Hoffnung. Dies konnte Benno gerade jetzt gut gebrauchen.

Im Unternehmen hatte sich auch einiges geändert. Die Geschäfte führte bis auf weiteres Herr Van Nielsen, dem als technischer Leiter die Philosophie des Unternehmens bestens gekannt war, und deshalb konnte die Lücke, die Herr Doktor Motzen hinterlassen hatte, schnell geschlossen werden.

Nicht ganz so harmonisch verlief die Neubesetzung der Stelle, die Benno Troll innegehabt hatte.

Da Benno in alle Abläufe voll integriert war und deshalb alle Prozesse bestens kannte, entstand an der Stelle im Büro ein größeres Loch, als man ursprünglich gedacht hatte. Bennos Kollegen wurde die Vergangenheit jetzt immer klarer.

Sie verarbeiteten das jahrelang Verdrängte jetzt offensiver, und so kam es immer wieder zu verbalen Auseinandersetzungen zwischen ihnen und dem mittleren Management des Unternehmens.

Man konnte sogar eine kleine Verschiebung der Wichtigkeit der Abteilung erkennen. Das sah man in erster Linie daran, das die ehemaligen Kollegen von Benno Troll jetzt immer häufiger zu Diskussionsrunden eingeladen wurden, bei denen sie früher nie angehört worden waren.

Es wurden zwei weitere Kollegen eingestellt, die den Ausfall von Benno und das für die Zukunft zu erwartende Wachstum zu bearbeiten hatten.

Die Nervosität steigerte sich von Tag zu Tag, seit der Termin für die Verhandlung bekannt war.

Allen Beteiligten der Firma war insgeheim klar, das im gesamten Verlauf der Ermittlungen nicht immer nur die Wahrheit gesprochen wurde. Diese Stimmung brachte große Spannungen und Misstrauen ins Unternehmen und das Arbeiten war für die meisten nicht mehr so wie früher. Freundschaften wurden gekündigt, bei Gesprächen zweier Kollegen sprach man meist nur über dritte, und jeder baute sich sein kleines Alibi zusammen, um nicht irgendwie doch noch in den Fall mit hineingezogen zu werden.

Alle, die im Umfeld von Benno Troll gearbeitet hatten, wussten von den Vorgängen in der Firma.

Es entstanden zwei Lager.

Der größere Teil fühlte sich mit Benno Troll solidarisch, eine Minderheit war sehr linientreu mit der Firma verbunden.

Die Linientreuen saßen alle an Positionen, die sie über kurz oder lang auf eine höher dotierte Stelle bringen würden. Hier ging es nicht um Recht und Gerechtigkeit, nein, hier war das eigene Ego schon sehr weit ausgeprägt und für moralische Grundsätze war kein Platz mehr.

Sehr gespannt war man auf die turnusgemäß einberufene Betriebsversammlung in der Stadthalle am nächsten Tag. Das Interesse war am darauffolgenden Tag enorm. Bei vorhergehenden Veranstaltungen konnte man viele leere Plätze im großen Saal erkennen, diesmal mussten die Organisatoren sogar noch weitere Stühle aus der benachbarten Bücherei holen, um dem Andrang gerecht zu werden.

Es stand das Thema „Prozess" nicht auf der Tagesordnung, aber die meisten waren sich sicher, das man sich dem nicht entziehen konnte, und so wurde auch in der bis zum letzten Platz gefüllten Stadthalle das insgeheim erhoffte Thema angesprochen.

Nachdem Geschäftsführer Van Nielsen über die aktuelle Situation des Unternehmens berichtet hatte, in der es eigentlich nichts Neues gab, folgte der Tätigkeitsbericht des Betriebsratsvorsitzenden. Peter Trom hatte eine große Stärke, er lief immer dann zu Hochform auf, wenn er ein Mikrofon vor sich hatte. Diese Fähigkeit hatte er sich als Sänger einer Trachtenkapelle angeeignet, bei der er seit Jahren den größten Teil seiner Freizeit verbracht hatte. Nach fünfzehn Minuten war er mit seinen Ausführungen über die Tätigkeit des Personalrats am Ende.

Der Beifall, der in all den Jahren zuvor wesentlich lauter gewesen war, ebbte schnell ab, und ohne lange zu warten, ergriff er nochmals das Mikrofon, um auf den Prozess ausführlich einzugehen. Der Vortrag, der ausschließlich pro Doktor Motzen gehalten wurde, hatte die Darstellung zum Ziel, das der Tod seines Freundes, wie er den Geschäftsführer nannte, allein vom ehemaligen Kollegen Troll zu verantworten sei.

Zum Verständnis: Benno war kurz nach der Tat von Seiten der Firma sofort gekündigt worden.

Auf Grund der neuen Situation genoss Peter Trom nicht mehr ganz so große Freiheiten im Unternehmen.

Diesmal hatte sich Betriebsratsvorsitzender Trom allerdings etwas getäuscht, er hatte die momentane

Situation im Unternehmen schlicht und einfach falsch eingeschätzt. Der erhoffte Jubel blieb aus, statt dessen peitschte ihm ein lautes Pfeifkonzert entgegen, unter dem er gerade noch die Veranstaltung beenden und den Saal durch einen Hinterausgang hastig verlassen konnte.

Der Prozessbeginn, der 20. Oktober, rückte langsam näher und alle Beteiligten versuchten, sich durch eine geschickte Strategie einen guten Start für das Verfahren zu verschaffen.

Die Besuche des Anwalts Fichtel, die jetzt fast täglich stattfanden, waren für Benno Troll eine gute Abwechslung und halfen ihm, seinen kargen Gefängnisalltag besser zu ertragen.

Seine Zellenkollegen taten ein Übriges, indem sie ihm immer wieder zu verstehen gaben, wer das Sagen in der Zelle hatte. Benno wurde von den beiden Gewaltverbrechern wie ein Diener gehalten, der alle anfallenden Tätigkeiten in der Zelle ausüben musste. Dieser harte Erziehungsprozess und die langsam wiederkehrende Einsicht, das er einem Menschen das Leben genommen hatte, veränderten seine Stimmung.

Er begriff zum ersten Mal mit vollem Bewusstsein seine Tat. Hatte er sich in den letzten Wochen immer als einen Menschen angesehen, der sich aus einer großen Umklammerung hatte befreien können, in dem er seinen Peiniger getötet hatte, so war er jetzt kurz vor Prozessbeginn eher nachdenklicher geworden und stellte das Geschehene in Frage.

Diesen geistigen Wandel musste Pflichtverteidiger Fichtel zuerst einmal verdauen, denn seine Absicht war es, im

Prozess ein Opfer zu zeigen, das jahrelang von seinem Vorgesetzten missbraucht wurde.

Er musste größte Anstrengungen aufbieten, um seinen Mandanten wieder in seine alte Gemütslage zu bugsieren.

Durch intensive Einzelgespräche und durch die Zeugenaussagen seiner ehemaligen Kollegen, die das Martyrium ja täglich miterlebt hatten, gelang es dem Anwalt, Benno wieder zu stabilisieren. Er musste mit ihm noch die strategische Vorgehensweise absprechen. George Fichtel hatte alle Protokolle einsehen können.

Ihm war aufgefallen, das sämtliche Aussagen der Bereichsleiter gleichlautend waren. „So etwas gibt es normalerweise nicht", dachte er laut und deshalb konfrontierte er Benno mit der Frage:

„Wer von den Bereichsleitern ist eitel, wer hat ein überhöhtes Geltungsbedürfnis und wer hört sich gerne sprechen?"

Benno Troll konnte mit diesen Fragen nichts anfangen und schaute seinen Pflichtverteidiger mit großen Augen an. „Wie bitte?" „Herr Troll, wir müssen davon ausgehen, das alle Zeugen der Anklage übereinstimmend Herrn Doktor Motzen als einen unbescholtenen und vorbildlichen Menschen darstellen werden. Wir können uns die Befragung der Bereichsleiter größtenteils ersparen, da sich jede Aussage mit der anderen deckt.

Wir müssen die extrem linientreuen Zeugen mit ihren eigenen Waffen schlagen, indem wir an ihre Persönlichkeit herantreten und sie mit geschickten Fragen auf die emotionale Schiene drängen." Bennos Blick hatte sich noch nicht geändert, seine Augenbrauen waren immer noch nach oben gerichtet und der Gesichtsausdruck signalisierte dem Anwalt weiterhin Unverständnis.

„Herr Troll, wer von den Bereichsleitern hat Ihrer Meinung nach ein überhöhtes oder krankhaftes Geltungsbewusstsein?"

„Herr Sikorsky", antwortete der Untersuchungshäftling ganz spontan.

„Sehen Sie, wenn es uns gelingt, Herrn Sikorsky bei unserer Befragung vor Gericht zur Bedeutungslosigkeit zu bringen, also ihn nicht standesgemäß anzusprechen und ihm wenig Achtung beizumessen, dann, ja dann kommt er aus seiner Reserve."

„Meinen Sie wirklich?" fasste Benno schnell nach.

„Ja, davon bin ich fest überzeugt, und wenn er seine Linie verliert, dann erzählt er uns Sachen, die uns sicher weiterhelfen können." Benno hatte zwar noch leichte Zweifel, aber die These seines Verteidigers leuchtete ihm irgendwie ein.

Nach einer kurzen Denkpause nannte er mit Herrn Burschy und Herrn Stein zwei weitere Namen, die er ähnlich einschätzte wie Herrn Sikorsky.

Anwalt Fichtel notierte sich die Namen und verließ anschließend etwas zuversichtlicher den Raum, der ihn wieder in die Freiheit und Benno wieder zu seinen gewalttätigen Zelleninsassen brachte. Für den Pflichtverteidiger war klar, das er seine Strategie nur auf die drei Namen konzentrieren würde. Bei seinen anschließenden Recherchen stellte sich heraus, das sein Mandant die drei gut beschrieben hatte.

Neben den drei Bereichsleitern war das Umfeld des Getöteten ein weiterer wichtiger Ansatzpunkt, um etwas mehr Licht in die Angelegenheit zu bringen: Tennispartner des Opfers, Nachbarn, das Autohaus seines Fahrzeuges, alle Personen, die mit Doktor Motzen in irgendeiner Weise zu tun hatten und bei denen er durchaus einmal bei einem Problem hatte laut werden können.

Das Interesse der Medienwelt steigerte sich wieder mit dem Herannahen des Prozessbeginns.

Die Tageszeitungen und die Öffentlich Rechtlichen blieben bei ihrer Berichterstattung, die Doktor Motzen als einen vorbildlichen Menschen sowohl im privaten als auch im Berufsleben zeigte.

Über den geständigen Täter wurde sehr viel berichtet.

Von Schulzeugnissen, Interviews mit seinen Ausbildern in der Lehrzeit, Gesprächen mit dem Ersten Bevollmächtigten der Gewerkschaft bis hin zum Sportverein. Alle Beiträge waren sehr einseitig formuliert.

Obwohl keiner der Befragten etwas Schlechtes über Benno erwähnte, waren die Artikel eher gegen ihn gerichtet.

Die privaten Sendeanstalten und die Regenbogenpresse waren in der Frage einer Vorverurteilung noch nicht so fixiert und hatten daher auch einen großen Teil der Bevölkerung hinter sich, was sich in erster Linie in den sofort sprunghaft gestiegenen Verkaufszahlen widerspiegelte.

Von Seiten der Anklage und der politisch Verant-wortlichen wurde alles unternommen, das das Thema

Doktor Motzen nicht mehr allzu sehr hoch kochte. Als weiteres Indiz war zu sehen, das der Prozess mit Richter Hans Ruck besetzt wurde, der für eine kompromisslose Verhandlungsführung und seine harten Urteile bekannt war. Die letzte Nacht vor dem Prozessbeginn konnte Benno nicht gut schlafen.

Das Löschen der Lampe in der Zelle mit ihrem kalten Licht und das Murren seiner Mitgefangenen leiteten eine weitere Nacht hinter verschlossenen Türen ein.

Er war jetzt schon über einhundertfünfzig Tage im Gefängnis. Er hatte sehr viel Zeit, um über das Geschehene nachzudenken. Die ersten Wochen waren für den Angeklagten eine wunderbare Zeit gewesen.

Das klingt nicht sehr plausibel, war aber auf Grund der in der Vergangenheit durchlebten Geschehnisse durchaus nachvollziehbar. Benno Troll konnte nach Jahren der täglichen Schlafstörungen endlich wieder durchschlafen. Dadurch konnte er seine Nervosität größtenteils ablegen und parallel dazu hatte sich auch das körperliche Befinden wesentlich verbessert.

◆ ◆ ◆

Nach vier Wochen hatte sich der Körper soweit an die neue Situation gewöhnt, das jetzt, wenn er auf seiner Pritsche lag, erstmals so langsam erste Gedanken über seine weitere Zukunft aufkamen. Sein Gewissen meldete sich wieder. Dies hatte sich in den letzten Jahren, in denen Benno so schikaniert worden war, fast gänzlich seiner Aufgabe entzogen: die innere Balance zu halten. Aber jetzt war es wieder gegenwärtig und damit konnte Benno momentan noch nicht richtig umgehen. Anfangs verdrängte er seine innere Stimme und deshalb hatte er ein Problem mit sich.

Seine Unsicherheit, die in der letzten Nacht vor dem Prozess aufkam, war in dem Zwiespalt verankert, das er sich mit seinem Pflichtverteidiger Fichtel auf die Antwort „nicht schuldig" geeinigt hatte bei der Frage des Richters nach einem Schuldeingeständnis. Und genau mit dieser Formulierung konnte seine innere Stimme sich nicht ganz zufriedengeben.

Das Thema war in der Nacht nicht mehr aus ihm herauszubringen und dementsprechend müde und unausgeschlafen sahen ihn die Gefängniswärter, als sie ihn in einen separaten Raum brachten, in dem für ihn bereits ein schlichter grauer Anzug hing.

Den und auch die anderen Kleidungsstücke hatte ihm sein Anwalt besorgt. Nach dem Ankleiden und einem kargen Frühstück kamen zwei Justizvollzugsbeamte, die ihn gegen sieben Uhr dreißig in den Innenhof der Anstalt führen sollten.

Nachdem die beiden dem Untersuchungshäftling die Handschellen angelegt und den Übernahmeschein quittiert hatten, übergaben sie den Häftling ordnungsgemäß seinen neuen Begleitern.

Die Fahrt zum Oberlandeslandesgericht dauerte knapp zehn Minuten. Benno saß in einem nach außen hin nicht erkennbaren silbernen Polizeiwagen, der nur im Inneren alle nötigen Instrumente eines Polizeiautos aufwies. Im Wagen selber saßen neben dem Fahrer noch zwei weitere Beamte in Zivil, die für die reibungslose Überführung verantwortlich waren.

Gesprochen wurde bei der Überführung in das Justizgebäude kein Wort. Das Auto wurde zu einem Nebeneingang geleitet, der weiträumig abgesperrt war. Somit war es für die vielen Fotografen und Reporter schwierig, in Kontakt mit dem Angeklagten zu treten. Nur einigen spitzfindigen Paparazzi gelang es, die Ankunft des Wagens zu dokumentieren. Sie mieteten sich in den oberen Etagen des gegenüberliegenden Inter Conti Hotels ein und konnten deshalb mit ihren starken Teleobjektiven in den Hof des Oberlandesgerichts gelangen.

Als Benno Troll das Polizeiauto verließ, ratterten die Fotoapparate in dem Hotelkomplex wie wild los.

Obwohl bereits nach knappen zehn Sekunden der Spuk vorbei war, hatten die meisten anwesenden Fotojournalisten ein gutes Gefühl, diese Schnappschüsse gewinnbringend weiterverkaufen zu können. Unten vor dem Oberlandesgericht war der Andrang wie zu erwarten riesengroß.

Der Fall hatte auch im übrigen Europa für großes Aufsehen gesorgt. Das Thema Mobbing am Arbeitsplatz war kein speziell deutsches Anliegen, und so waren neben den deutschen Medienvertretern auch Journalisten aus Schweden, den Niederlanden, der Schweiz, zwei aus den Benelux-Staaten, drei Teams aus Großbritannien und selbst aus den USA angereist, um über den Fall zu berichten.

Die Sicherheitsvorkehrungen waren dem Andrang entsprechend. Über fünfzig Beamte mussten sich bei den Körpervisitationen beteiligen, um den Prozess pünktlich beginnen zu lassen. Das Schwurgericht, das mit fünf Richtern besetzt war, hatte nun die schwere Aufgabe, über den außergewöhnlichen Fall zu verhandeln und am Ende Recht zu sprechen.

Den Vorsitz hatte Richter Hans Ruck, ein Jurist, der bei vergangenen Verfahren mehrmals die vom Staatsanwalt geforderte Höchststrafe noch nach oben korrigierte.

Ihm zur Seite wurden zwei weitere Berufsrichter gestellt: Richter Walter Beistle und sein Kollege Sven Althaus. Vervollständigt wurde das Gremium durch die Laienrichter Kaspar Weiß, der im normalen Berufsleben einen landwirtschaftlichen Betrieb leitete, und Peter Naumann, Angestellter eines mittelständischen Betriebes.

Punkt zehn Uhr eröffnete der Vorsitzende Richter Hans Ruck den Prozess.

Er überprüfte die Anwesenheit der Geladenen und forderte alle Beteiligten auf, den Verfahren nicht durch Zwischenrufe und Unruhe zu stören.

Nachdem er noch einige organisatorische Details angesprochen hatte, las er die dem Beschuldigten Benno Troll zur Last gelegten Anklagepunkte vor. Die

Ausführungen, die in kurzen, harten Sätzen an die Ohren der Anwesenden gelangten, hatten eine besondere Klarheit.

Dem Vorsitzenden Richter Hans Ruck gelang es, auf Grund seiner Art des Vortrages die Anwesenden in eine leichte Spannung zu versetzen. Nach fünfzehn Minuten war die Schilderung des Tatherganges beendet. Bevor er dem Oberstaatsanwalt Knoll das Wort erteilte, um die Anklageschrift vorzulesen, gab er noch eine Vorschau auf das laufende Verfahren.

„Es sind achtzehn Verhandlungstage für den Fall vorgesehen, in dem wir zweiundzwanzig Zeugen, zwei Sachverständige und einen Psychologen hören werden."

Die Anklagebank nahm die Worte des Richters ohne Regung hin. Bennos Pflichtverteidiger George Fichtel notierte sich auf seiner Vorlage ein, zwei Stichpunkte.

Benno Troll war von der großen Kulisse schon etwas überrascht, denn der Gerichtsaal war bis auf den letzten Platz gefüllt. Innerlich hatte er schon ruhigere Tage erleben dürfen.

Nach außen hin war ihm aber keine Regung anzusehen, und mit seinem grauen Anzug und seiner anthrazit-farbenen Krawatte wirkte er eher wie ein schüchterner, unbescholtener Bürger als ein Mörder. Die Worte des Richters hat er zwar wahrgenommen, konnte sie aber nicht richtig einschätzen. Er war innerlich leer. Seine Gedanken schwirrten überall umher, ohne sich eines Themas konkret anzunehmen.

Fast erschreckt reagierte er, als sein Pflichtverteidiger George Fichtel auf die Frage des Vorsitzenden Richters

„Möchte sich der Angeklagte zu den Punkten der ihm zur Last gelegten Tat äußern?" antwortete:

„Ja, Herr Richter, mein Mandant möchte zu der ihm zur Last gelegten Tat etwas sagen."

Die Anklagebank befand sich genau in der Mitte des freien Raumes vor dem etwas erhöhten Richtertisch. Der Tisch der Anklage mit Oberstaatsanwalt Knoll stand im Winkel von neunzig Grad zu dem der Verteidigung in fünf Meter Entfernung. Diese Konstellation hatte zur Folge, das der Oberstaatsanwalt Knoll den Angeklagten Benno Troll immer im Blickfeld hatte und so jede Unsicherheit sofort wahrnehmen konnte.

Nach der Belehrung des Richters, nur die Wahrheit zu sprechen, begann der Oberstaatsanwalt Knoll mit seinen Ausführungen, die den kompletten Tathergang noch einmal in allen Einzelheiten aufzeigten.

Dem Angeklagten lief es eiskalt den Rücken hinunter, als er zum ersten Mal die minutiöse Schilderung des Tathergangs über sich ergehen lassen musste und diese auch zu begreifen begann. Er verlor zwischendurch die Fassung.

Dies hätte man am besten erkennen können, wenn man etwas tiefer in seine Augen gesehen hätte.

Eine Träne saß schon auf der Pupille und es hätte nicht viel gefehlt und sie wäre auf seine Wange gefallen. Gerade konnte er sie noch mit der Hand abstreifen. Oberstaatsanwalt Knoll beendete seinen einstündigen Monolog mit den Worten: „Wir werden Sie, Herr Troll, in diesem Gerichtssaal des lange vorbereiteten und kaltblütig ausgeführten brutalen Mordes an Herrn Doktor

Motzen überführen und Ihnen eine angemessene Strafe zuteilwerden lassen."

Dem Oberstaatsanwalt war es in seinem Eröffnungsplädoyer ausgezeichnet gelungen, die Anwesenden von der Schuld des Angeklagten zu überzeugen.

Benno Troll war von dem Vortrag des Oberstaatsanwalts ebenfalls beeindruckt.

Er musste jetzt schnell umdenken und das Gehörte verarbeiten, denn nun konnte er auf die Fragen seines Pflichtverteidigers George Fichtel antworten. Auf Grund der so eindeutigen Beweislage verzichtete der anklagende Oberstaatsanwalt Knoll auf eine Befragung des Täters. George Fichtel stand von seinem Platz auf und stellte sich in die Mitte des Raumes, um besser mit allen Beteiligten kommunizieren zu können.

Über einen Meter achtzig groß, schlank, mit vollem, leicht gelocktem Haar stand er jetzt im Mittelpunkt des Verfahrens.

Zu seinem guten Aussehen gesellte sich noch eine angenehme Ausstrahlung, die alle im Gerichtssaal Befindlichen bald in ihren Bann ziehen sollte.

Er widersprach den Ausführungen des Oberstaatsanwalts in keiner Weise. Fichtel bestätigte den Tathergang, der auch von allen unumstritten so gesehen wurde. Sehr behutsam lenkte er seine Worte langsam in eine andere Richtung, ohne das dies dem Gericht sofort bewusst wurde.

Benno Trolls Pflichtverteidiger ging mit seinen Ausführungen einige Jahre zurück, genauer gesagt bis zu dem Zeitpunkt, als der Angeklagte von seinem Amt als

Personalratsvorsitzender zurückgetreten war. „Herr Troll, schildern Sie uns bitte die letzten Jahre ihrer Tätigkeit als Personalratsvorsitzender in dem Unternehmen." Benno begann mit leiser, leicht zittriger Stimme. Im Mittelpunkt seiner Ausführungen standen hauptsächlich die Forderungen der Geschäftsleitung, den Kollegen Mehrarbeit ohne Lohnausgleich aufzubürden.

Die Verhandlungen über die Mehrbelastung hatten sich über vier Jahre hingezogen, ohne das Benno und seine Personalratskollegen eingewilligt hatten.

Geschäftsführer Doktor Motzen sprach jedes Jahr von einem Verlust von über drei Millionen Mark für das Unternehmen.

Wäre es Doktor Motzen damals gelungen, seine enorme Forderung durchzusetzen, dann hätten er und das Unternehmen eine wesentlich bessere Bilanz aufweisen können.

Die Bilanzen waren auch in diesen Jahren positiv gewesen, nur nicht in dem Maße.

„Euer Ehren, Sie können sich vorstellen, dass bei solchen Summen der Druck auf meine Person gewaltig angestiegen ist", mit diesen Worten sprach er zum ersten Mal den Vorsitzenden Richter Hans Ruck direkt an.

„Da es aber meine Aufgabe war, die Arbeitnehmerrechte zu verteidigen, gab es für mich gar keine andere Wahl, als mich gegen die Forderungen zu wehren. Es kostete sehr viel Kraft, mich den ständigen Attacken zu widersetzen, zumal man einige Mitglieder des Personalrates systematisch gegen mich aufgehetzt hatte und ihnen mit außergewöhnlichen Gehaltserhöhungen mehr Geld zukommen ließ.

Nach drei Jahren hatte es die Geschäftsleitung tatsächlich geschafft, eine geringe Mehrheit im Personalrat zu bekommen, obwohl die Gesetzeslage es normalerweise nie zugelassen hätte. Doktor Motzen bezifferte den Verlust damals für das Unternehmen auf über neun Millionen Mark und dafür konnte er schon mal einigen Kollegen ein kleines Präsent in Form von einigen Scheinen in die Tasche schieben.

Mir selbst wurde über Mittelsmänner eine fünfstellige Summe angeboten, die ich aber ohne nachzudenken sofort ablehnte. Drohungen, üble Nachreden und weitere kriminell anmutende Anfeindungen musste ich noch über mich ergehen lassen. Zum Schluss war der Druck so angewachsen, das ich ihn nicht mehr aushalten konnte und mich deshalb nicht mehr für die Neuwahlen des Personalrates bewarb."

„Wie ist Ihnen der Übergang vom Personalratsvorsitzenden zu Ihrer neuen Tätigkeit gelungen, Herr Troll?"

Mit dieser Frage lenkte Anwalt Fichtel den Themenkomplex in jene Richtung, in der Bennos Martyrium eigentlich begann.

„Der fachliche Übergang in meinen neuen Job ist ganz ordentlich gelungen.

Nach einigen Wochen war ich in der Lage, meine umfangreiche Tätigkeit alleine zu bewerkstelligen. Mein Selbstvertrauen ist auch in der Zeit enorm angestiegen. Was ich am Anfang gar nicht bemerkt habe, waren die kleinen Sticheleien, die mir gegenüber immer öfter angewandt wurden.

Erst später bemerkte ich, das da eine gewisse Strategie dahinter stand.

Es wurde getuschelt, ja man munkelte in kleinen Gruppen hinter meinen Rücken über Themen, die weder eine große Gewichtung hatten noch von einer anderen Seite für das Unternehmen wichtig gewesen wären.

Erst viel später erfuhr ich, dass diese bewusst angesprochenen Themen von Herrn Doktor Motzen und seinen Bereichsleitern ins Leben gerufen wurden, um mich zu schwächen." „In welcher Form haben Sie davon erfahren?" Mit diesen Worten unterbrach Bennos Pflichtverteidiger George Fichtel seinen Mandanten.

„Frau Simone Sikorsky, die Frau des Bereichsleiters, rief mich eines Abends zu Hause an und erzählte mir, das ihr Mann in den letzten Tagen mehrmals meinen Namen nannte.

Im Verlauf ihrer Schilderung waren immer häufiger die Worte ‚Den machen wir fertig, dem machen wir das Leben zur Hölle, den mobben wir raus' zu hören.

Ich konnte es am Anfang gar nicht glauben und nur durch gezieltes Nachfragen kam ich auf den Grund.

Durch meinen jahrelangen Widerstand, der keine kostenlose Mehrarbeit meiner Kollegen zuließ, verlor das Unternehmen eine große Menge Geld.

Da mein Nachfolger Peter Trom als seine erste Amtshandlung die zehn Stunden Mehrarbeit im Monat ohne Lohnausgleich mit der Geschäftsführung einführte, war klar, das das Unternehmen jetzt noch gewinnbringender am Markt präsent war.

Natürlich auf Kosten der vielen Mitarbeiter im Unternehmen.

Wie mir Simone, wir kannten uns gut aus der Zeit, in der ich noch den Vorsitz im Personalrat hatte, weiter mitteilte, war das der Startschuss, um meine Person im Unternehmen zu vernichten. ‚Hättest du vor Jahren auf die Forderung des Unternehmens reagiert, dann wäre der Alte', so nannte Simone Doktor Motzen immer, ‚in den Kreis derer gelangt, die sich um den Titel Manager des Jahres bewerben'.

Mit ‚Du kennst ihn ja' und einem lieben Gruß verabschiedete sie sich von mir. Seit diesem Anruf war es nicht mehr so wie vorher. Auch das Misstrauen gegenüber meinem Umfeld stieg im Laufe der Zeit immer mehr an. Viele normale Formulierungen hinterfragte ich ohne Grund. Eine gewisse Unsicherheit begleitete jetzt mein Leben. Ich schottete mich immer mehr ab. Ich war nicht mehr der, der ich einmal gewesen war. Am meisten litt meine Frau unter der neuen Situation.

Auch ihr gegenüber konnte ich mein Misstrauen nicht verbergen und brachte sie damit oft in eine schwierige Lage. Statt sie als meine einzige Verbündete anzusehen, vergraulte ich sie oft, indem ich ihr sinnlose Vorhaltungen machte und ihr auch eine Mitschuld an meiner momentanen Situation gab.

Nach einem knappen Jahr wurde unsere Ehe dann auch folgerichtig geschieden.“

Den letzten Satz konnte er nur noch unter Tränen zu Ende bringen. Pflichtverteidiger George Fichtel übernahm wieder die Wortführung und sprach über die bereits zu Protokoll gegebenen Schilderungen seines Mandanten.

In dieser Zeit konnte sich Benno wieder etwas erholen. Der Anwalt griff immer dann in die Zeugenaussage ein, wenn er das Gefühl hatte, dass sich sein Mandant Benno Troll zu sehr in Gefühle verstrickte.

Im weiteren Verlauf des Prozesses äußerte sich Benno Troll über die folgenden Jahre seines immer belastender werdenden Lebens im Unternehmen.

„So nach und nach wurden mir immer mehr meine Kompetenzen eingeengt.

Konnte ich anfangs noch Bestellungen über einen Betrag von einhunderttausend Euro selbständig durchführen, so musste ich diese jetzt von meinem Vorgesetzten abzeichnen lassen. Ähnlich verlief auch das Eingrenzen meines Tätigkeitsfeldes auf die Hälfte des ursprünglichen. Tägliche Vorhaltungen garnierten den mittlerweile sehr tristen Arbeitsablauf. Dieser sah in der Regel so aus, das mir bei jeder Tätigkeit großes Interesse von vielen entgegengebracht wurde, auch von Kollegen, die ein ganz anderes Aufgabengebiet zu betreuen hatten.

Diese neutralen Zuträger gaben dann ihre Ergebnisse zur richtigen Zeit am richtigen Ort zum besten. Meist erfolgte zeitnah ein Anruf von Herrn Doktor Motzen, der mich am Telefon lautstark beschimpfte, ohne dass er sich zuvor über den Vorwurf vergewissert hatte, und dann den Hörer auflegte, ohne mir Gelegenheit zu geben, mich dazu zu äußern.

Das Schlimme daran war stets, das man sich nicht verteidigen konnte.

Nach solchen Anrufen war der Arbeitstag immer gelaufen." „Was meinen Sie mit: Da war der Arbeitstag schon gelaufen?" unterbrach der Pflichtverteidiger seinen Schützling Benno Troll ein weiteres Mal.

„Nach solch einem Gespräch zitterte ich am ganzen Körper, ein Schweißausbruch kam nach dem anderen und die Konzentration auf meine Tätigkeit ging total verloren. An solchen Tagen sehnte ich den Feierabend herbei."

„Wie verhielten sich Ihre Kollegen bei solchen Attacken?" hakte Anwalt Fichtel nach. „Sie ignorierten die Vorfälle, sie taten so, als ob nichts geschehen wäre."

„Gab es weitere Vorfälle, in denen Sie schikaniert worden sind?" wollte Bennos Pflichtverteidiger von dem Angeklagten erfahren.

„Ja, vor drei Jahren, als ich zum letzten Mal an dem Geschäftsjahres Abschlussessen teilgenommen hatte, wurde ich von Herrn Doktor Motzen nach der Schilderung einer lustigen Geschichte, die ich anlässlich meines vierwöchigen Urlaubsaufenthaltes in Australien erlebt hatte, auf eine sehr rustikale Art unterbrochen. Kurz bevor ich das Erlebte zu Ende geschildert hatte, fiel er mir sehr laut ins Wort und sagte: ‚Mensch Troll, ziehen Sie doch nicht so eine Show ab, schauen Sie lieber, dass Sie die nächste Lieferung nach Australien nicht wieder in den Sand setzen, Sie Schwächling.'

Die lockere Stimmung kippte von einer Sekunde auf die andere total um.

Es war vollkommen still, keiner brachte nur einen Laut heraus und keiner der Anwesenden konnte mit der Situation richtig umgehen. Ich glaube sogar, das es selbst Doktor Motzen nicht ganz wohl war. Des Weiteren möchte ich da nur noch hinzufügen, das ich bei meiner Tätigkeit nie mit Lieferungen nach Australien zu tun hatte. Und danach kam es wieder.

Das Zittern am ganzen Körper, das Schwitzen, dem ich nichts entgegenzusetzen hatte.

Ich war wie gelähmt, alle Augen waren auf mich gerichtet, meine Unsicherheit verstärkte sich noch weiter, da ich nicht mehr in der Lage war, auch nur ein Wort herauszubringen."

Der Rest der Schilderung wurde schon von einigen Tränen begleitet, als Benno Troll am Ende die Fassung verlor, vollkommen in sich zusammenbrach und nur durch leises Zureden seines Verteidigers wieder den Kopf aufrichten konnte.

Auf den Zuschauerbänken war es auf einen Schlag ganz ruhig geworden und die Stimmung des Angeklagten schwappte so langsam auf die Zuhörer über.

Mitten in diese Ruhe hinein forderte Benno Trolls Pflichtverteidiger George Fichtel mit fester, tiefer Stimme eine Vertagung der Verhandlung auf den morgigen Tag.

Der Vorsitzende Richter Hans Ruck stimmte der Bitte des Anwalts zu, stellte aber dem Angeklagten noch einige Fragen. „Angeklagter, warum haben Sie sich niemandem anvertraut? Warum haben Sie mit niemandem über Ihre

Probleme gesprochen? Waren Sie beim Personalrat?"
„Ich konnte mit keinem Menschen sprechen, es gab
niemanden in meinem Umfeld, dem ich mich anvertrauen
konnte. Und zum Personalrat zu gehen, das, ja das wäre
wohl so gewesen, als hätte ich meine Geschichte einem
Zeitungsreporter gegeben. Nein, das konnte ich auf gar
keinen Fall." Nach den Antworten des Angeklagten
beendete der Vorsitzende Richter Hans Ruck die
Anhörung und setzte für morgen zehn Uhr den zweiten
Verhandlungstag an.

So einen emotionalen Beginn hatte wohl keiner der
Anwesenden im Vorfeld erwartet. Der deutsche
Blätterwald war am nächsten Morgen mit großen
Buchstaben auf der ersten Seite fast ausschließlich mit
dem Thema präsent.
Durch die steigenden Zeitungsauflagen nahm auch das
Interesse der Bevölkerung weiter zu. Benno Troll war an
diesem Abend müde. Die große emotionale Aufregung
hatte viel Kraft gekostet. Er war innerlich leer.
Er hatte Angst, das nachts wieder Erinnerungen von
früher seinen Schlaf stören könnten.
Die Schilderung vor Gericht war ihm sehr nahegegangen
und darum war er erleichtert, als sein Pflichtverteidiger
ihn spät am Abend in seiner Zelle besuchte. Georg
Fichtel und Benno Troll besprachen den vergangenen

Verhandlungstag und klärten anschließend einige Details für den morgigen Tag. Als George Fichtel nach zwei Stunden Bennos Zelle wieder verlassen hatte, ging es Benno ein wenig besser.

Die Nacht konnte er den Umständen entsprechend gut hinter sich bringen.

Gestört wurde er nur von Geräuschen aus dem angrenzenden Zellentrakt. Die von ihm so gefürchtete innere Stimme meldete sich in dieser Nacht nicht.

Als der Angeklagte dann gegen zehn Uhr wieder vor seinen Richtern saß, machte er einen gefestigten Eindruck, der nicht vergleichbar war mit seinem gestrigen Abgang.

Nach der Begrüßung und dem Feststellen der Anwesenheit der geladenen Zeugen wandte sich der Vorsitzende Richter Hans Ruck wieder dem Angeklagten zu.

„Herr Troll, wie oft wurden Sie von Doktor Motzen in solche oder ähnliche Situationen gebracht, die Sie uns gestern geschildert haben?"

„Herr Richter, Euer Ehren", begann der Angeklagte unsicher auf die Frage zu antworten.

„Diese Aktionen nahmen immer mehr zu und sie wurden nicht nur von Doktor Motzen initiiert.

Alle Bereichsleiter hatten mittlerweile Gefallen daran gefunden, mich in irgendeiner Weise zu demütigen.

Es waren oft nur belanglose Sachen, wie zum Beispiel in meine Ergebnisse einen Zahlendreher bewusst einzubauen, vorgegebene Abläufe hinter meinem Rücken zu ändern und mich dann dafür verantwortlich zu machen.

Das Ganze ging dann soweit, das ich, wenn mein Name in irgendeinem Zusammenhang erwähnt wurde, automatisch als Sündenbock abgestempelt wurde. Das Schlimme dabei ist, dass man sich dann selber auch nicht mehr vertraut und seine Sicherheit so langsam verliert, die eigentlich die Basis des täglichen Schaffens darstellt."

„Wie gingen Sie mit den von Ihnen geschilderten Geschehnissen um?" wollte der Vorsitzende Richter Hans Ruck wissen. „Ich fand kein Mittel, mich dagegen zu wehren.

Mein Misstrauen allen Menschen gegenüber nahm von Tag zu Tag weiter zu. Selbst meiner Frau, meinen besten Freunden und vielen guten Bekannten konnte ich nicht mehr trauen. Zu Hause machte es sich so bemerkbar, das ich immer eifersüchtiger gegenüber meiner Frau wurde, obwohl sie mir gar keinen Grund geliefert hatte, es zu sein.

Ich durchsuchte ihre Taschen hinter ihrem Rücken, ich habe sogar ihre Handyabrechnungen wegen möglicher Nummern von Liebhabern ausgedruckt! Meinen Freunden und Bekannten erging es ebenso.

Das hatte natürlich zur Folge, das ich nach und nach niemanden mehr an meiner Seite hatte, mit dem ich mich bei schwierigen Situationen austauschen konnte.

Und in dieser Zeit hätte ich wahrlich jemand an meiner Seite brauchen können, an den ich mich anlehnen hätte können.

Heute komme ich mir so armselig vor, wenn ich an diese Zeit zurückdenke. Das war nicht mehr der alte Benno, nein, ich war zu der Zeit ein arrogantes Arschloch!"

Bennos Pflichtverteidiger unterbrach den Angeklagten, indem er noch einmal alles, was sein redseliger Mandant heute gesagt hatte, zusammenfasste.

Der Hauptgrund seines Einspruchs war die Erkenntnis, das die Emotionen wieder langsam von Benno Besitz ergriffen hatten. Nachdem es ihm gelungen war, Benno zu unterbrechen, stellte nun er seinerseits Fragen an ihn.

„Herr Troll, wie verlief Ihr zu diesem Zeitpunkt schon etwas aus dem Ruder gelaufenes Leben dann weiter?"

„Das Misstrauen, das ich am Tage empfunden habe, verfolgte mich bis in die Nacht hinein. Es dauerte extrem lange, bis ich meine Augen schließen konnte.

Kaum war ich eingeschlafen, wühlten mich meine Träume auf und ließen mich wieder wach werden.

Diese anfangs unruhigen Schafstörungen steigerten sich in den nächsten Wochen und Monaten immer mehr, bis mich schließlich jede Nacht mindestens ein Alptraum zur Verzweiflung trieb. Am Tage war ich dann wie gerädert, ich konnte immer weniger meine Leistung im Unternehmen einbringen. Die Fehlerquote stieg immer mehr. Parallel dazu wurde hinter meinem Rücken jede falsche Entscheidung besprochen.

Die täglichen Spitzen von Herrn Doktor Motzen taten ein Übriges. Ich hatte zu dem Zeitpunkt eine sehr große Angst, in die Arbeit zu gehen, da ich genau wusste, dass jeder Tag von großen Demütigungen geprägt sein würde.

Herr Richter, was mich aber noch mehr fertigmachte, war die Tatsache, das ich genau die gleiche Angst davor hatte, nach Hause zu gehen.

Zu Hause kam mir das Geschehene wieder voll ins Bewusstsein und dieser innere Unruheherd quälte mich noch mehr als das in der Realität Erlebte.

Der Zustand steigerte sich dann, bis ich keine Kraft mehr hatte, mich gegen den fortwährenden Gegenwind zu wehren.

In der Nacht, bevor ich auf Doktor Motzen den tödlichen Schuss abgegeben habe, konnte ich einfach nicht mehr. Ich zitterte am ganzen Körper, ich musste weinen, ich konnte keinen einzigen normalen Gedanken mehr fassen. Und als mir am frühen Morgen der Gedanke mit der Pistole in den Sinn kam, sah ich am Ende des Tunnels endlich wieder ein kleines Licht.

◆ ◆ ◆

Von diesem Augenblick an konnte ich meinen Körper nicht mehr selbst steuern. Meine innere Stimme, die mich so lange gequält und mich an den Rand des Selbstmords gebracht hatte, nahm jetzt voll Besitz von mir.

Es war keine Gegenwehr mehr vorhanden, und so ließ ich es einfach über mich ergehen. Es lief wie in einem Film ab, in dem mir das Ende bereits am Anfang klar war.

Wie von Geisterhand geführt beendete ich mein Martyrium mit dem Schuss auf Doktor Motzen."

„Euer Ehren, meine Damen und Herren", mit diesen Worten ergänzte Bennos Pflichtverteidiger George Fichtel das soeben Gehörte, „wie weit kann man einen Menschen demütigen, verleugnen, verleumden, bis er letztlich keinen Ausweg mehr sieht und selbst zu einem so schrecklichen Verbrechen fähig ist?

Die Schilderung meines Mandanten hat Ihnen einen kleinen Einblick in sein Seelenleben erlaubt, das gar nicht mehr in der Lage war, zu unterscheiden, ob man letztlich etwas Gutes oder etwas Schreckliches erlebt oder begangen hat. Das defekte Innenleben von Benno Troll wird Ihnen die Leiterin der Psychiatrie, Frau Doktor Sommer, später als Sachverständige näher erläutern." Im Gerichtssaal war es mittlerweile ganz ruhig geworden. Viele Zuhörer konnten sich in den Angeklagten hineinversetzen und das Erlebte in vielen Passagen nachvollziehen.

Einige der Anwesenden hatten ähnliches schon erlebt, und so kam eine besondere Stimmung in dem Gerichtssaal des Schwurgerichts auf.

Diese Stimmung wurde ruckartig von Oberstaatsanwalt Knoll unterbrochen.

„Angeklagter Benno Troll, Sie wollen uns da eine Geschichte auftischen, die Sie in Ihrem Inneren frei erfunden haben. Alle Bereichsleiter des Unternehmens haben bei ihrer Zeugenbefragung in keiner Weise auch nur ansatzmäßig das bestätigt, was Sie uns heute so ergreifend erzählt haben.

Benno Troll, in meinen Augen sind Sie ein Mörder, der sein Verbrechen penibel geplant und vorbereitet hat und es dann später kaltblütig ausführte.

Ich werde es Ihnen und dem Gericht beweisen, dass Sie schuldig sind und so auch verurteilt werden."

Etwas ruhiger, aber fast ironisch fragte der Vorsitzende Richter Hans Ruck den massiv eingeschüchterten Angeklagten:

„Herr Troll, was sagen Sie zu dem, was uns der Oberstaatsanwalt versucht hat, klarzumachen, oder einfacher gesagt, kann es sein, dass Sie sich die ganze Geschichte nur ausgedacht haben?"

„Einspruch, Euer Ehren, mein Mandant hat die Tat nie bestritten und ob die Aussage des Angeklagten der Wahrheit entspricht, wird dieses Verfahren schon an den Tag bringen."

„Herr Troll, das heißt für mich, das Sie bei Ihrer Version bleiben?" „Ja, Herr Richter", kam es kurz aus Bennos Mund. Kurz danach vertagte der Vorsitzende Richter Hans Ruck die Verhandlung auf den Nachmittag. Das war der Beginn der Zeugenbefragung. Benno hatte jetzt drei Stunden Zeit, sich über den vergangenen Vormittag Gedanken zu machen.

Er wurde in eine kleine Zelle im Schwurgericht gebracht. Zudem gab es einen Teller Erbsensuppe mit zwei Stück Brot zu essen. Er war innerlich noch zu aufgekratzt, um schon ein endgültiges Resümee ziehen zu können.

Was ihn aber sehr getroffen hatte, war die aggressive Anrede des Oberstaatsanwalts, und da passte es sehr gut, dass Bennos Pflichtverteidiger George Fichtel auf einmal in der Türe stand, die von einem Justizbeamten geöffnet wurde.

„Herr Troll, wie fühlen Sie sich?" wollte der Anwalt seinen Mandanten etwas beruhigen. Ihm war auch aufgefallen, das Benno am Ende seiner Ausführungen vor dem Gericht seine Ruhe ein wenig verloren hatte.

„Sie haben es gut gemacht", fuhr der Pflichtverteidiger fort, ohne auf eine Antwort auf seine Begrüßung zu warten. Benno richtete sich an den Worten seines Verteidigers wieder auf.

„Wie stehen meine Chancen, Herr Fichtel?"

„Es läuft so, wie ich mir das vorgestellt habe. Das Gericht hat keine neuen Erkenntnisse feststellen können, vertrauen Sie mir, Herr Troll, wir ziehen unser Konzept von A bis Z durch, ohne auch nur einen Zentimeter davon abzuweichen.

Wichtig ist, das wir nur das Nötigste zur Sache aussagen. Der Oberstaatsanwalt wird heute Nachmittag vier Zeugen der Anklage vorladen, Herrn Häberle, Herrn Stein, Herrn Köpping und Herrn Burschy, wir werden Ihren Kollegen Herrn Ossi Brück heute dagegensetzen.

Herr Troll, Sie werden heute voraussichtlich Aussagen von den Zeugen des Oberstaatsanwalts hören, die wohl in Ihren Augen nicht immer der Wahrheit entsprechen werden. Auch wird man versuchen, Sie zu provozieren! Bitte tun Sie mir den einen Gefallen, ignorieren Sie alles, und wenn ich sage alles, dann meine ich das auch so.

Bitte gehen Sie auf nichts von dem ein, was Sie heute hören werden. Dieser Nachmittag gehört der Staatsanwaltschaft, denn die besagten Herren werden ihre

142

abgestimmten Aussagen genauso wiederholen, wie sie es bei der Vernehmung durch die Polizei bereits getan haben. Selbst wenn der Tag heute Abend zu Ende geht und wir in eine schlechtere Situation gelangen, werden wir nicht von unserem Plan abweichen.

Und wenn uns das gelingt, dann schaffen wir es auch, die Wahrheit vor der Öffentlichkeit zu beweisen."

Die Worte kamen zur rechten Zeit.

Benno war abermals voll motiviert, den Kampf gegen das „Ungerechte" wieder aufzunehmen. Er und sein Pflichtverteidiger George Fichtel sprachen noch einige Details für den am Nachmittag weitergehenden Prozess ab.

Vollentschlossen und innerlich sehr aufgeräumt wurde Benno Troll gegen vierzehn Uhr wieder in den Gerichtssaal geführt.

Er nahm neben seinem Anwalt Platz und wartete auf das Hohe Gericht.

Das Aufstehen aller am Prozess beteiligten Personen signalisierte das Erscheinen der fünf Richter.

„Bitte nehmen Sie Platz", begann der Vorsitzende Richter Hans Ruck den zweiten Teil des heutigen Tages.

„Ich darf den Oberstaatsanwalt bitten, seinen ersten Zeugen zu benennen." „Hohes Gericht, ich bitte Herrn Emanuel Burschy in den Zeugenstand." Ein Justizbeamter begleitete den Zeugen der Staatsan- waltschaft an den mit fünf Richtern besetzten Tisch. Herr Emanuel Burschy wurde vom Vorsitzenden Richter Hans Ruck belehrt, er dürfe nur die Wahrheit sagen und könne nur, wenn er sich selbst belasten würde, die Aussage verweigern.

„Herr Burschy, bitte schildern Sie dem Gericht das Verhältnis zwischen dem Opfer, Herrn Doktor Motzen, und dem Angeklagten, Herrn Benno Troll.

Gab es Auffälligkeiten?

Haben Sie in der Vergangenheit Vorfälle beobachtet, die mit der Tat in einen Zusammenhang gebracht werden könnten?

Bitte berichten Sie uns Ihre persönlichen Eindrücke.“

„Hohes Gericht, meine Herrn Anwälte, liebe Prozessbeobachter, ich arbeite bereits über vierzig Jahre in dem Unternehmen.“

Mit dieser Einführung begann Bereichsleiter Emanuel Burschy seine Schilderung über sein Berufsleben. Er holte sehr weit aus und plauderte über alte Zeiten, wurde aber vom Vorsitzenden Richter Hans Ruck mehrmals unterbrochen, um das Ganze nicht unnötig in die Länge zu ziehen.

Inhaltlich ergaben sich keine Neuigkeiten, und so beendete der Richter seine Fragestellung mit den Worten: „Herr Oberstaatsanwalt Knoll, Ihr Zeuge.“

„Herr Burschy, wir haben Ihre Aussage gehört und ich möchte nur noch einmal auf das Wesentliche kommen. Haben Sie jemals ein unkorrektes Verhalten von seitens Doktor Motzens gegenüber dem Angeklagten Herrn Benno Troll wahrgenommen?“

„Nein, Herr Oberstaatsanwalt“, erwiderte der Zeuge kalt und kurz. „Stimmt es, dass der Angeklagte, Herr Benno Troll, kein zuverlässiger Mitarbeiter war?“

144

„Einspruch, Euer Ehren, das ist eine Suggestivfrage, die der Zeuge nur subjektiv beantworten kann", unterbrach Bennos Verteidiger George Fichtel den Oberstaatsanwalt.

„Einspruch abgelehnt, Herr Zeuge, beantworten Sie bitte die Frage!" widersprach der Vorsitzende Richter Bennos Verteidiger. Bereichsleiter Emanuel Burschy bestätigte dem Oberstaatsanwalt Bennos schwache Leistungen im Unternehmen.

„Danke, das genügt der Staatsanwaltschaft."

„Möchte der Vertreter der Verteidigung den Zeugen befragen?" wandte sich der Vorsitzende Richter Hans Ruck an den Pflichtverteidiger von Benno Troll.

„Herr Burschy, stimmt es, dass Sie vor acht Jahren den Posten des Bereichsleiters Vertrieb übernommen haben, stimmt es weiter, das zur gleichen Zeit Herr Doktor Motzen die Geschäftsleitung übernommen hat, und stimmt es auch, das der bis dahin tätige Bereichsleiter Vertrieb, Herr Tassilo Tetrow, auf Geheiß von Doktor Motzen plötzlich seines Postens enthoben wurde?"

Der Zeuge Emanuel Burschy bejahte alle drei Fragen, konnte sich aber keinen Reim auf die Fragestellung machen.

Erst als Bennos Pflichtverteidiger George Fichtel mit seiner vierten Frage und den Worten „Besteht ein Zusammenhang zwischen der Ernennung des Herrn Doktor Motzen zum Geschäftsleiter, der Absetzung von Herrn Tassilo Tetrow und Ihrer Beförderung zum Bereichsleiter, Herr Burschy?" nachhakte, kam der Zeuge leicht in Verlegenheit.

„Kann es sein, das Sie auf Grund der kleinen Gefälligkeit Ihres Geschäftsführers, ich denke, das kann man in dem Zusammenhang schon so bezeichnen, die Loyalität ihm gegenüber etwas übertrieben haben und Sie uns deshalb heute nicht immer die Wahrheit gesagt haben?"

„Einspruch, Euer Ehren", kam es wie aus der Pistole geschossen aus dem Mund von Oberstaatsanwalt Knoll, „der Verteidiger des Angeklagten möchte durch eine Vermutung, die in keiner Weise belegbar ist, den Zeugen verunsichern." „Ich kann es sehr wohl belegen", setzte Bennos Anwalt den Zeugen weiter unter Druck. Der Vorsitzende Richter Hans Ruck ließ Anwalt George Fichtel gewähren.

„Herr Burschy, entspricht es der Tatsache, das Sie im Auftrag des Getöteten ein Detektivbüro beauftragt haben, den Angeklagten über einen Zeitraum von drei Monaten zu beschatten, als dieser noch Personalrats-vorsitzender war, und kann es sein, dass die Eheleute Motzen und Burschy in den letzten sechs Jahren ihren Jahresurlaub immer gemeinsam verbrachten?"

Bennos Pflichtverteidiger merkte im Lauf der Befragung, dass sich beim Zeugen immer mehr Unbehagen ausbreitete, und erhöhte bewusst den Druck, indem er beim Hohen Gericht die Vereidigung des Zeugen beantragte.

Emanuel Burschy wechselte ruckartig seine Gesichtsfarbe, eilig kamen die Schweißperlen auf seiner hohen Stirn zum Vorschein und seine Körpersprache verriet nur noch wenig Selbstvertrauen.

Völlige Ruhe war in den überfüllten Gerichtssaal eingekehrt. Man hatte das Gefühl, das man jeden Atemzug des Zeugen wahrnehmen konnte.

Die weiter anhaltende Stille verunsicherte den Zeugen noch mehr. Alle Blicke fixierten sich auf seine Person und die Anwesenden waren sehr gespannt, welche Antworten auf die massiven Vorwürfe jetzt von Herrn Emanuel Burschy kommen würden.

Der Angeklagte Benno Troll saß neben seinem Anwalt auf dem Stuhl und hörte fast auf zu atmen, so gespannt war er, endlich eine Antwort zu hören.

Nach gefühlten zwanzig Sekunden richtete Herr Emanuel Burschy sein Wort an den Vorsitzenden Richter. „Euer Ehren, ich möchte von der Regelung Gebrauch machen, keine weiteren Angaben zur Sache zu machen, da ich mich sonst selbst belasten könnte." Bevor der Richter antworten konnte, brach eine große Unruhe im Zuschauerraum aus.

♦ ♦ ♦

Nur mit großer Mühe konnte nach kurzer Zeit die Ruhe wieder hergestellt werden. Der Zeuge konnte dann den Gerichtssaal verlassen, ohne vereidigt worden zu sein.

Nach der so nicht erwarteten Aussage ordnete der Vorsitzende Richter Hans Ruck eine Unterbrechung von fünfzehn Minuten an. Im Zuhörerblock entbrannte sehr schnell eine rege Diskussion über das eben Gehörte. Jeder war dem anderen gegenüber sehr redselig, und so ergab sich ein lauter Sprachendschungel im Gerichtssaal. Bennos Pflichtverteidiger nutzte die Zeit, um in das Verfahren zwei, drei neue Erkenntnisse einzubringen.

Der Angeklagte Benno Troll war auf Grund der Aussage von Bereichsleiter Emanuel Burschy schon etwas zuversichtlicher geworden.

Diese Zuversicht wurde von George Fichtel aber sehr schnell entkräftet, als er seinem Klienten zu verstehen gab, das auf Grund der letzten Aussage noch nichts in dem Fall entschieden war.

Die Justizbeamten hatten große Mühe, wieder Ruhe in den Verhandlungssaal zu bringen. Das Gericht fuhr nach zwanzig Minuten mit dem Verfahren fort. Benno Trolls Pflichtverteidiger wollte die Stimmung, die sich zu Gunsten seines Klienten gedreht hatte, mit in den nächsten Tag nehmen. Seine Taktik war klar, sich bei den weiteren Befragungen in keine Nebensächlichkeiten einzulassen.

Der Richter rief die weiteren Zeugen der Staatsanwaltschaft der Reihe nach auf.

Alle Bereichsleiter wurden von dem Oberstaatsanwalt und dem Gericht mit belanglosen Fragen nicht aus ihrer Reserve gelockt, denn sie hielten an ihrer vorgefertigten Aussage fest. George Fichtel verzichtete auf Zwischenfragen, denn ihm war klar, das auf Grund der Aussage von Herrn Emanuel Burschy die Geschichten seiner Kollegen nur wenig Aufsehen erregen würden.

Die Tageszeitungen am nächsten Tag gaben ihm recht. Benno Trolls Tat rückte wieder in eine Richtung, die für viele Menschen nachvollziehbar war.

Es gab viele Reaktionen auf den ersten Prozesstag. INFAS, ein unabhängiges Meinungsforschungsinstitut, hatte zu dem Thema Mobbing zehntausend Bundesbürger befragt und das Ergebnis war für die meisten sehr schockierend.

Zweiundzwanzig Prozent der Befragten gaben an, das sie mindestens einmal in ihrem Berufsleben schon gemobbt worden waren.

Dieses Übel wurde seit Jahren in der Öffentlichkeit totgeschwiegen, denn es passte nicht in eine Zeit, in der einem doch Tag für Tag eine heile Welt vorgegaukelt wurde.

Benno Troll bekam von dem Ganzen nichts mit. Er wurde wieder in seine Gefängniszelle gebracht und war froh, endlich ein bisschen Ruhe zu bekommen, denn der heutige Tag war auch an ihm nicht ohne Spuren vorübergegangen. Nach dem Abendessen ließ er sich auf seiner harten Pritsche nieder und las noch einige Seiten in seinem Buch. Bevor Benno das Buch schließen konnte, fielen ihm die Augen zu und er versank ruhig in den Schlaf. Die Nacht genoss er, denn er hatte keinen Traum, der ihn in irgendeiner Weise hätte unterbrechen können.

Im Gegensatz zu dem Angeklagten arbeitete Bennos Pflichtverteidiger George Fichtel weiter an seiner Strategie, die gute Ausgangsposition und die entstandene euphorische Stimmung für seinen Klienten zu festigen oder noch auszubauen.

Ihm war klar, das sich vor Gericht die Situation sehr schnell ändern konnte.

Wichtig für ihn war, dass bei der morgendlichen Fortsetzung des Prozesses die Sachverständigen Bennos Tat richtig einordneten. Bei nüchterner Betrachtung des Tathergangs musste der Angeklagte als Mörder verurteilt werden.

Ich muss bei den drei Sachverständigen Ansätze finden, die es mir erlauben, den Tathergang in Verbindung mit der Vorgeschichte zu bringen!

Dieser Gedankengang beherrschte alle seine anderen Gedanken an dem Abend. Bennos Pflichtverteidiger las im Strafgesetzbuch immer wieder die besagten Stellen, die einen Mord von einem Totschlag und einer Notwehr unterscheiden.

Obwohl ihm die Gesetzestexte geläufig waren, wiederholte er sie mehrmals, da ihm keine Alternativen vorlagen. § 211 StGB definiert Mord mit den Worten:

„Wer aus Mordlust, zur Befriedigung des Geschlechtstriebs, aus Habgier oder sonst aus niedrigen Beweggründen, heimtückisch oder grausam oder mit gemeingefährlichen Mitteln oder um eine andere Straftat zu ermöglichen oder zu verdecken einen Menschen tötet." Die Mordlust, den Geschlechtstrieb und die Habgier konnte man ausschließen. Heimtücke und niedrige Beweggründe sah George Fichtel als die alles entscheidenden Punkte an, um die es letztendlich gehen würde. Mit dieser Einschätzung gab er sich in der Nacht

150

zufrieden und beendete gegen Mitternacht seinen Arbeitstag.

Der Prozess, der am darauffolgenden Tag gegen zehn Uhr fortgeführt wurde, hatte als Tagesordnungspunkte die Anhörung der Sachverständigen zu dem Verbrechen.

Pünktlich um zehn Uhr begrüßte der Vorsitzende Richter Hans Ruck die Anwesenden im Gerichtssaal. Er resümierte in kurzen Worten den vergangenen Prozesstag und bat dann Frau Doktor Sommer in den Zeugenstand.

Die Psychologin betreute den mutmaßlichen Täter seit seiner Verhaftung und hatte durch ihre ständige Präsenz ein vertrauensvolles Verhältnis zu ihm aufgebaut.

Über fünfzig Gesprächsrunden hatte sie mit dem Angeklagten bereits abgehalten. Die Gespräche waren alle sehr offen, da der Inhaftierte sehr kooperativ daran teilnahm.

Zu Beginn der Befragung kam die obligatorische Belehrung vom Vorsitzenden Richter Hans Ruck, immer nur die Wahrheit zu sprechen.

„Frau Doktor Sommer, bitte stellen Sie sich kurz vor!" Mit dieser Aufforderung begann der Vorsitzende Richter die Befragung der Psychologin.

Nach einer kurzen Zusammenfassung ihres bisherigen Werdeganges bat Richter Hans Ruck sie um ihre psychologische Einschätzung des mutmaßlichen Täters. Mit klaren Worten begann die Ärztin. „Benno Troll ist ein besonderer Mensch.

Er hat einen überproportionalen Gerechtigkeitssinn. Diese Tugend entstand bereits in seiner Kindheit, die auf Grund der damaligen Zeit und seiner strengen katholischen Erziehung als hart, aber auch sehr gerecht angesehen werden kann. Die Eltern von Benno Troll hatten noch vier weitere Kinder zu versorgen und großzuziehen. Da der Tisch nicht immer üppig gedeckt war, mussten alle Familienmitglieder sich arrangieren.

Angefangen beim Essen, beim wöchentlichen Baden in einer Badewanne, die am Samstag in der Küche stand, bis hin zu der Kleiderwahl legten Bennos Eltern großen Wert darauf, das alle gleich behandelt wurden.

Solange der Angeklagte sich in seinem Familienverbund aufhielt, war alles klar, denn alle hielten sich an die vorgegebenen Regeln. Mit zunehmender Zeit, beziehungsweise durch das Herauswachsen aus der Familie, erfuhr Benno Troll auch von einem anderen Leben, einem Leben ohne Harmonie mit vielen Ungerechtigkeiten. Da er in der Lage war, diese schlechten Einflüsse, die oberflächlich waren, zu verdrängen, konnte er nach einer gewissen Anpassungsphase gut damit umgehen. Probleme bescherte ihm nur sein tiefes Innenleben. Das kann man am besten so beschreiben, das Themen, die auf der emotionalen Schiene auf Benno Troll zukamen, an seine ureigenste Grundgesinnung heranreichten und er kein

Gefühl dafür entwickelte, wie er mit ihnen umgehen sollte. Er machte dabei keinen Unterschied, ob ihm oder anderen Unrecht geschehen war.

Er belastete sich mit der Zeit immer mehr damit, weil er bei seiner Art der Wahrnehmung kein Ventil dafür hatte, weil die Eindrücke nicht nach einer gewissen Zeit an Bedeutung hätten verlieren und langsam aus seinem

Gedächtnis hätten verschwinden können. Im Endstadium der Krankheit kann der Betroffene die Realität nicht mehr von der Phantasiewelt unterscheiden.

Das heißt in diesem Fall, das der Angeklagte sein Innenleben selbst mit Kinofilmen, in denen Intrigen oder Verrat den Inhalt bestimmten, weiter belastete. Der Krankheitsverlauf endet meist in einer Katastrophe, wie wir es hier in dem Fall erleben mussten. Das virtuelle Gefäß, das die Gedanken über Jahre gesammelt hatte, war voll, und deshalb kam es zu dieser furchtbaren Katastrophe, die einen Menschen letztendlich das Leben kostete.

Hohes Gericht, Herr Vorsitzender, auf die Frage, ob Benno Troll zum Zeitpunkt der Tat schuldfähig war, werden wir wohl keine abschließende Antwort bekommen, doch eines möchte ich am Schluss meiner Ausführungen noch anmerken.

Herr Benno Troll ist weder gewalttätig noch hat er abnorme Neigungen, wegen derer man ihn von der Gesellschaft fernhalten müsste.

Wir sollten ihm eine Chance geben und ihm durch gezielte Hilfe von Ärzten und Psychologen die Rückkehr in ein normales Leben ermöglichen."

„Vielen Dank, Frau Doktor Sommer, für Ihre Einschätzungen. Eine Frage hätte ich aber schon noch zu Ihrer These.

Wie hätte man die Tat verhindern können oder was hätte unternommen werden müssen, um ein solch schlimmes Verbrechen bereits im Vorfeld zu erkennen?"

„Das Fatale an der Tat war die Anonymität, in die der Angeklagte immer weiter hineingeschlittert ist. Hätte Herr Benno Troll einen Gesprächspartner oder eine Person gehabt, mit der er sich nur gelegentlich austauschen hätte können, dann wäre es sicherlich nicht zu dieser Tat gekommen. Gerade im Gespräch kann sich ein Mensch vom inneren Druck am besten befreien.

Oft sind es ganz banale Sachen, die ausreichen, um das ‚Ventil' leicht zu öffnen, um das Problem, das einem auf der Seele liegt, entweichen zu lassen.

Der Angeklagte Benno Troll hatte in den letzten zwei Jahren keinen Menschen, mit dem er seine Erlebnisse aus seiner Tätigkeit als Sachbearbeiter hätte ausführlich diskutieren können. Einem das Herz ausschütten, wie es im Volksmund heißt, das wäre es gewesen. Hätte er irgendjemanden in den letzten Jahren gehabt, dann würden wir uns heute sicher nicht gegenüberstehen."

Der Vorsitzende Richter Hans Ruck bat die Staatsanwaltschaft und die Verteidigung um weitere Fragen an Frau Doktor Sommer. „Keine weiteren Fragen", hörte man den Oberstaatsanwalt antworten.

Bennos Pflichtverteidiger George Fichtel fragte die bekannte Psychologin nach dem weiteren Krankheitsverlauf seines Mandanten.

„Herr Benno Troll wird in den nächsten Monaten verstärkt das Erlebte verarbeiten. Seine Psyche wird das Bedürfnis haben, nach einer gewissen Zeit die innere Balance wieder herzustellen. Das geht aber nur, wenn er sich in allen Einzelheiten mit dem Geschehenen auseinandersetzt.

Dieser Vorgang hat nichts damit zu tun, ob er die Zukunft in der Freiheit oder im Vollzug verbringen wird.

Wichtig für den Angeklagten ist es aber, das er professionelle Hilfe in der Zeit erfährt."

„Vielen Dank, Frau Doktor Sommer, ich habe keine weiteren Fragen." Anschließend wurde die Sachverständige aus dem Zeugenstand entlassen.

Als weiterer Experte stand jetzt Doktor Ranz bereit. Doktor Julius Ranz leitete seit über acht Jahren eine Spezialklinik für Menschen, deren Seelenleben extrem gestört war.

Der anerkannte Spezialist stand jährlich fünf- bis sechsmal als Sachverständiger vor einem Schwurgericht.

Seine Analysen gingen von der Praxis etwas weiter weg, da seine Vorträge meist von wissenschaftlichen Schwerpunkten gestützt wurden. Nach dreimaligem Klopfen mit dem Hammer auf den Tisch verstummte das Gemurmel im Zuschauerraum. Der Vorsitzende Richter Hans Ruck begrüßte den allseits bekannten Zeugen und befragte ihn speziell, wie weit die Psyche des Täters zum Tatzeitpunkt bereits geschädigt war.

„Hohes Gericht, meine Herrn Rechtsvertreter, nachdem ich mich sehr ausführlich mit dem Protokoll der Tat auseinandergesetzt habe, bin ich zu dem Schluss gekommen, dass das Problem, das der Täter hatte, sicher noch mit anderen Mitteln zu beseitigen gewesen wäre. Ich kann diese Aussage wie folgt begründen.

Bei Störungen im Seelenleben treten bestimmte Symptome auf. Man kämpft dagegen an. Man möchte nicht, das das Wohlbefinden durch die immer lauter werdenden Stimmen verdrängt wird. Man protestiert dagegen.

Die Art des Protestes kann durchaus verschieden sein. Allerdings, wie dieser Fall abgelaufen ist, muss eine gehörige Portion Kriminalität im Spiel gewesen sein.

Es mag stimmen, das der Getötete den Angeklagten über Jahre schwer genötigt hat und es auf Grund des Vorgesetztenverhältnisses auch schwieriger für den Täter war, sich bereits im Anfangsstadium dagegen aufzubäumen, aber Hohes Gericht, Herrn Doktor Motzen sofort und kaltblütig zu erschießen, ohne auch nur einmal den Versuch zu unternehmen, sich gegen diesen Drang zu wehren, das ist kein zerstörtes Seelenleben, nein, das ist vorsätzlicher Mord!" Oberstaatsanwalt Knoll wollte genau das hören und deshalb antwortete er auf den Zuruf des Vorsitzenden Richters

„Haben Sie weitere Fragen, Herr Oberstaatsanwalt?" mit „Nein, Herr Vorsitzender!"

„Herr Pflichtverteidiger George Fichtel, bitte Sie!" „Herr Doktor Ranz, Sie haben uns allen sehr anschaulich Ihre kompetente Stellungnahme dargelegt. Das einzige, was ich nicht nachvollziehen kann, ist die Tatsache, dass Sie den Angeklagten kein einziges Mal untersucht oder mit ihm auch nur ein Wort gewechselt haben, bevor Sie eine so eindeutige Aussage treffen konnten!"

„Jahrelange Erfahrungen ermöglichen es mir, hier die richtigen Formulierungen ohne Wenn und Aber darzulegen."

„Keine weiteren Fragen, Herr Vorsitzender!"

156

Benno Trolls Pflichtverteidiger war klar, das er in dieser Situation nicht punkten konnte. Er ließ deshalb die Aussage des Experten so im Raum stehen.

Doktor Ranz wurde aus dem Zeugenstand entlassen, ohne vereidigt zu werden.

Als dritte Koryphäe bestellte das Gericht Frau Doktor Ingeborg Gewitz in den Gerichtssaal. Ihre Aussage ähnelte in weiten Passagen der ihres Vorgängers. Frau Doktor Gewitz begründete ihre Kernaussage damit, das der Täter durch sein besonnenes Verhalten am Tatort nicht die Symptome eines psychisch Angeschlagenen offenbarte, sondern die eines berechnenden und kaltblütigen Mörders.

Ein leichtes Raunen ging durch die Reihen der Zuhörer, als sie diese Worte vernahmen.

Es wurden keine weiteren Fragen an die Psycho-login gerichtet. Der Vorsitzende Richter Hans Ruck und seine Kollegen beendeten nach den Aussagen der Experten den heutigen Verhandlungstag und legten den nächsten Termin auf den kommenden Montag.

Sämtliche Beteiligten hatten jetzt drei Tage Pause, um sich von den ersten Verhandlungstagen zu erholen.

Allen Prozess Beobachtern lagen die Aussagen der Ärzte noch schwer im Magen. Wem sollte man mehr Vertrauen schenken? Frau Doktor Sommer, die den Angeklagten über einen längeren Zeitpunkt befragt, seine Vergangenheit aufgearbeitet und ihm eine gewisse Schuldunfähigkeit bescheinigt hatte? Oder sollte man sich den Beurteilungen der von weither angereisten Experten anschließen, die den Fall aus der theoretischen Sicht dargestellt hatten?

Die Meinungen der Menschen waren gespalten. Jede Darstellung hatte etwas Plausibles in ihrem Inhalt. Ähnlich unterschiedlich war das Echo in der Medienlandschaft. Auch hier hielten sich Pro und Kontra in etwa die Waage.

Und wie erging es Benno Troll nach den ersten Verhandlungstagen? Der Prozess des Verarbeitens seiner Tat war bei ihm weiter fortgeschritten.

Selbstzweifel regten sich langsam in ihm. Die Wahrnehmung, das er jemandem großes Leid zugefügt hatte, wurde jetzt immer deutlicher. In gleichem Maße verschwand seine nach der Tat gefühlte Unschuld, die ihn in all den Tagen, in denen er inhaftiert war, begleitet hatte.

In der Nacht nach dem letzten Verhandlungstag fühlte er sich wie ein Mensch, der außer Kontrolle geraten war und deshalb, wie es die zwei Psychologen auch bestätigt hatten, voll schuldfähig zu sein schien. Mit dieser neuen Erkenntnis erwartete Benno Troll am Samstag gegen zehn Uhr seinen Verteidiger. George Fichtel hatte die halbe Nacht den letzten Verhandlungstag verarbeiten müssen. Ihm war klar, das es nach dem Stand der Dinge keine Hilfe von der medizinischen Seite geben würde.

Er sah seine wichtigste Aufgabe darin, dem Gericht den Tatbestand von Nötigung und Mobbing so darzulegen, das man sich in die Situation seines Mandanten hineinversetzen konnte.

Die Aussagen von Benno Trolls unmittelbaren Arbeitskollegen würden sicher wieder etwas Boden gut machen, dachte er vor sich hin, doch um eine Verurteilung zu umgehen, reichte es sicherlich nicht aus.

Er braucht einen weiteren Ansatz, der das Verdachtsmoment Mobbing noch mehr herausheben würde.

Stundenlang wälzte er die Vernehmungsprotokolle der Polizei hin und her, ohne den entscheidenden Hinweis zu finden.

Leicht übermüdet betrat Bennos Anwalt den Besucherraum in der Haftanstalt. Benno Troll saß bereits auf seinem Stuhl, begleitet von einem Justizbeamten.

Nach einer flüchtigen Begrüßung erzählte Benno dem Anwalt von seiner Wahrnehmung aus der letzten Nacht. Eine halbe Stunde sprach er über seine nächtlichen Gedanken. Das auch noch, dachte sich Bennos Pflichtverteidiger und versuchte, dessen mittlerweile am Boden befindliche Grundeinstellung wieder aufzurichten.

„Herr Troll, ich kann gut verstehen, das auf Grund des gestrigen Verhandlungstages bei Ihnen ein Gefühlswandel eingesetzt hat, aber Sie müssen sich noch mehr Zeit geben.

Es wird in Ihrer Situation immer wieder ein Zweifel aufkommen, ob alles so rechtens war.

Nur darf der nicht die Oberhand gewinnen." Mit viel Geduld und Geschick sprach der Anwalt noch zwei Stunden auf Benno ein, bevor er erschöpft das Gefängnis verlassen konnte. Eigentlich wollte sich George Fichtel mit Benno über das weitere Vorgehen in den nächsten

Verhandlungstagen absprechen. Aber heute hätte das wenig Sinn gemacht, da sein Klient nicht in der Lage war, strategisch zu denken.

Der Prozess wurde am Montag weitergeführt. Als Zeugen standen Bennos unmittelbare Arbeitskollegen auf der Tagesordnung. Oswald Kolke und Ossi Brück wiederholten im Wesentlichen das, was sie bereits bei der Vernehmung durch die Polizei zu Protokoll gegeben hatten.

Einige banale Zwischenfragen des Oberstaatsanwalts blieben ohne weitere Wirkung, und so wurden die beiden ohne vereidigt zu werden aus dem Zeugenstand entlassen.

Wesentlich interessanter waren die Zeugen, die nach der Mittagspause vorgeladen wurden. Zum einen war das Bennos ehemalige Ehefrau Bettina, die von Berlin angereist war, um im Prozess gegen ihren früheren Ehemann auszusagen, die andere Zeugin war Bennos ältere Schwester Meike.

Das Gericht versprach sich durch die Vorladung der beiden einen Einblick in die Vergangenheit des Beschuldigten. Beide hätten von dem Recht Gebrauch machen können, die Aussage zu verweigern, da sie mit Benno in einem familiären Verhältnis standen. Bennos Schwester Meike und seine geschiedene Ehefrau Bettina wollten jedoch durch ihre Aussage Bennos Situation etwas verbessern.

Der Vorsitzende Richter Hans Ruck belehrte die Schwester des Angeklagten, die als erste in den Zeugenstand gerufen wurde, bei der Wahrheit zu bleiben.

160

Meike erzählte von den Jahren der Kindheit, die sie größtenteils gemeinsam verbracht hatten.

Benno war als Kind ein sehr lustiger und aufgeweckter Junge. Von der Statur her eher schmächtig, war es nicht verwunderlich, das er von seinen Spielkameraden mehrmals gehänselt wurde. Aber im Nachhinein betrachtet blieben ihrer Ansicht nach davon keine Schäden zurück. Auf das Verhältnis zu ihrem Vater ging Bennos Schwester Meike etwas intensiver ein.

Sie stellte ihn als einen Mann dar, der viel arbeiten musste, der die Erziehung der Kinder seiner Frau überlassen hatte, aber ein liebevoller Vater war, wenn er sich einmal Zeit für seine Kinder nahm.

„Er war der Mensch, der meinen Bruder am meisten geprägt hatte." Mit diesen den Worten leitete sie auf die pubertäre Phase in Bennos Leben über.

„In der Familie waren meine Eltern eigentlich immer darauf bedacht, Harmonie zu erzeugen. Jeder hatte seine Aufgaben zu erfüllen, aber auch Freiheiten, um dem Familienleben eine positive Seite abgewinnen zu können.

Unser Vater ordnete sich in den Ablauf ein, gab uns allen immer das Gefühl, gebraucht zu werden. Mit unseren individuellen Stärken und Schwächen konnte er richtig umgehen.

Benno war meinem Vater im Vorleben dieser Tugend am nächsten. Probleme tauchten auf, als er ins Berufsleben eintrat und das erste Mal mit Problemen konfrontiert wurde, die seine heile Welt nicht kannte.

Das waren Situationen, die von Dritten gegenüber den Beteiligten mehrmals falsch dargestellt wurden, oder offensichtliche Fehler, die ihm von Kollegen in die Schuhe geschoben wurden, die mit dem Ganzen überhaupt nichts zu tun hatten.

Er selber sprach nie von verbalen Angriffen ihm gegenüber. Diese Themen brachte er mehrmals mit nach Hause und die wurden auch in unserer Familie recht lebhaft diskutiert und besprochen.

Nach meiner Heirat verließ ich dann mein Elternhaus und langsam ging der enge Kontakt verloren." „ Wie alt war da Ihr Bruder?" „Siebzehn." „Hat der Oberstaatsanwalt noch weitere Fragen?" beendete der Vorsitzende Richter Hans Ruck die Befragung der Zeugin.

Da diese Frage verneint wurde, konnte Bennos Schwester Meike den Zeugenstand verlassen, ohne vereidigt worden zu sein. Die anschließende Befragung von Bennos Exfrau Bettina verlief sinngemäß in ähnlicher Form.

Der Oberstaatsanwalt Knoll unterbrach die Aussage nur an der Stelle, als es um das Auseinandergehen der Ehe ging.

„Immer weniger Zeit, gedanklich immer introvertierter, keine Überraschungselemente!

Der Grund war eindeutig sein Berufsleben. Wir hatten anfangs das Thema spät abends im Bett mehrmals besprochen. Ich hatte auch versucht, ihn zu überreden, seinen Job einfach hinzuschmeißen und mit mir in einer anderen Stadt ein neues Leben anzufangen. Aber nein, er wollte das nicht, er war von sich selber so überzeugt, das er das schon irgendwie wieder in den Griff bekommen würde! Er schaffte es nicht, und so war uns beiden klar, das wir uns über kurz oder lang trennen würden."

„Ihnen beiden, oder nur Ihnen?" hakte Bennos Pflichtverteidiger George Fichtel in den Monolog ein.

„Sie haben Recht!"

Bettina konkretisierte ihre Aussage.

„Benno erkannte die schwere Situation erst, als die Trennung bereits vollzogen war.

Unsere Gespräche, die wir über eine mögliche Scheidung geführt hatten, sahen wir beide als sinnvoll an.

Heute ist mir klar, das er zwar zugestimmt hat, aber im Inneren später für ihn sicher eine Welt zusammengebrochen ist. Bennos Psyche konnte diese schwerwiegende Entscheidung zu dem Zeitpunkt gar nicht aufnehmen, da er mit den Problemen, die sich Tag täglich in der Firma ergaben, wohl restlos überfordert war, und so gab er mir nur recht, um mir nicht weh zu tun."

Bei ihren letzten Worte rang sie schwer mit ihren Tränen, denn wenn sie damals nur annähernd geahnt hätte, welche schweren Konsequenzen diese Trennung mit sich bringen würde, wäre die Entscheidung wohl anders ausgefallen.

„Hohes Gericht, der Mensch Benno Troll ist ein guter. Unter normalen Umständen wäre er nie in der Lage gewesen, eine solche Tat zu begehen.

Da man ihn aber in seiner Einsamkeit alleine ließ, fand er keinen anderen Weg mehr, um sich aus der Situation zu befreien. Ich bitte Sie!

Ich flehe Sie an!

Fällen Sie ein gnädiges …!"

Das Wort Urteil konnte sie nicht mehr aussprechen, da sie von einem Weinkrampf befallen wurde und mit gesenktem Kopf versuchte, die Tränen, die jetzt in großer Zahl über ihre Wangen rollten, wieder aufzufangen.

Mit den Worten „Wenn keine weiteren Fragen mehr gestellt werden, dann kann die Zeugin sich wieder setzen!" endete die Befragung. Das Interesse aller Anwesenden war auf die Zeugin gerichtet, und keiner sah die wässrigen Augen des Angeklagten. Benno Troll war gerührt.

Er musste sich sehr zusammennehmen, um nicht auch seine Fassung zu verlieren.

Innerlich gefiel es ihm natürlich, diese Emotionen seiner Exfrau aufnehmen zu dürfen. Da ist doch noch etwas wunderbar Schönes tief in ihr, dachte er für sich und bekam fast ein schlechtes Gewissen, als er sich daran erinnerte, wie er nach der Scheidung über sie gedacht hatte. Nach den Aussagen der beiden Frauen wurde die Verhandlung auf den morgigen Tag verlegt. Benno wurde wieder in seine Zelle gebracht und ließ nach dem Abendessen den Nachmittag noch einmal gedanklich vorbeiziehen.

◆ ◆ ◆

Der Auftritt seiner Exfrau vor dem Gericht hatte ihm stark imponiert. Bennos Pflichtverteidiger George Fichtel sah nur die Fakten, und die sahen nach wie vor nicht allzu rosig aus. Ihm war klar, das die Auftritte der beiden Frauen vor Gericht nur die Emotionen etwas geschürt hatten.

Nach einer knappen Woche kristallisierte sich ganz klar heraus, das sein Mandant von allen als normaler, höflicher Mensch dargestellt wurde.

Nur dass der nette Mann einen anderen vorsätzlich erschossen hatte, konnten die bisherigen Aussagen nicht entkräften.

George Fichtel hatte noch keinen einzigen Ansatz, um dem entgegenzuwirken.

Wir haben nur eine Chance, wenn wir einen Zeugen bringen könnten, der das Martyrium des Angeklagten in allen Einzelheiten bestätigen könnte.

Aber wer?

Mit dieser Frage brach er seinen Gedanken ab, der ihn in dem Fall weiterbringen sollte. Er überflog die Liste der weiteren Zeugen, ohne dass ihm bei einem eine Idee gekommen wäre. In den beiden darauffolgenden Tagen wurden Bekannte des Angeklagten vor Gericht befragt, die sinngemäß das bisherige bestätigten. Und so verstrich eine weitere Woche ohne großes Aufsehen.

Das Interesse der Öffentlichkeit ließ aber in keiner Weise nach, und so war der Saal an jedem Verhandlungstag bis auf den letzten Platz mit Zuhörern besetzt.

Die Moral und die Hoffnungen des Beschuldigten waren fast am Boden, als Bennos Pflichtverteidiger seinen Mandanten vor Beginn des vorletzten Verhandlungstages noch einmal in seiner Zelle besuchte.

Und doch musste er den Angeklagten aufmuntern, obwohl er selbst jemanden gebraucht hätte, um das Finale durchzustehen. Die Erwartungshaltung tendierte gegen Null, denn bis zu dem Zeitpunkt hatte sich nichts Neues mehr im Gerichtssaal ergeben.

Durch die aufmunternden Worte gegenüber Benno kamen sie noch einmal ins Gespräch über die letzten Tage im Unternehmen. Neben ein paar anderen Vorkommnissen schilderte Benno ein Meeting mit mehreren Kollegen, die bei Herrn Sikorsky einen Themenkomplex besprachen.

Auffallend oft erwähnte Benno die Art der Argumentation des Bereichsleiters.

Er zelebrierte jedes auch noch so kleine Problem in einer Art, die schon fast krankhaft war.

„Wiederholen Sie das noch einmal, Herr Troll!"

„Was soll ich wiederholen?"

fragte Benno nach.

„Wie meinen Sie das mit krankhaft?"

„Er steigert sich immer in etwas hinein, weil ihn sonst keiner so richtig ernst nimmt!" antwortete der Angeklagte immer noch fragend. Er konnte sich noch keinen Reim auf die Fragen seines Verteidigers machen, war aber wieder etwas neugieriger geworden. „Herr Troll, könnte es sein, wenn wir Herrn Sikorsky in den Zeugenstand rufen und ihn nicht standesgemäß behandeln, das er dann seine Linie verliert?"

„Auf jeden Fall", kam die Antwort ohne Wenn und Aber.

Langsam lichtete sich der Nebel in George Fichtels festgefahrenen Gedankengängen.

Er sah zumindest auf seiner Bauchebene einen kleinen Silberstreif am Horizont.

„Ja, das ist es",

bestätigte er nochmals nach außen hin seine Hoffnung auf die Chance, dass das Urteil im Prozess nicht mit Benno Troll als Mörder enden würde.

Er ließ Benno nicht ohne Hoffnung in seiner Zelle zurück. Der Angeklagte konnte sich noch keinen Reim auf den hoffnungsvollen Abschied machen und ließ deshalb auch noch keine euphorischen Gedanken zu. Er ging an diesem Abend früh in sein Bett, und es dauerte nicht lange, bis ihn der Schlaf übermannte.

Bennos Pflichtverteidiger hatte jetzt Blut geleckt und aus dem Grund ließ er den Gedanken nicht mehr los, der ihm womöglich morgen den Durchbruch bringen könnte. Sofort nachdem er zu Hause angekommen war, ging er die Akten der Ermittlungsbeamten noch einmal durch.

Karel Sikorsky war sein Mann.

Je länger er sich mit seinen Aussagen befasste, desto klarer war jetzt die Strategie, die er am nächsten Tag bei ihm anwenden würde. Auch war ihm aufgefallen, das der Bereichsleiter Sikorsky mehrmals von den Ermittlungsbeamten gebremst werden müsste, wenn er über seine Person gesprochen hatte. Diese einzigartig krankhafte Art muss ich morgen füttern, ich werde ihn mit Fragen, die keine große Bedeutung haben, zermürben, ich werde ihn quälen, ich werde ihn morgen dahin bringen, wo er überhaupt nicht hin möchte!

Zur Wahrheit!!

Innerlich fühlte sich Ben-nos Pflichtverteidiger George Fichtel schon als großer Gewinner des letzten Verhandlungstages.

Und aus diesem Grund war es gut, dass die Vernunft wieder die Oberhand gewann und die emotionale Betrachtungsweise in die Schranken verwies.

Aber von der Idee seiner Taktik war er nach wie vor überzeugt. Gegen Mitternacht beendete er seine Vorbereitungen, und guter Hoffnung ging er ins Schlafzimmer.

Die Nacht war nicht so ruhig wie die vorhergegangenen.

Bennos Verteidiger hatte in den Nachtstunden die Zeugenaussage hundertmal durchgespielt und war immer wieder zu dem Punkt gekommen, den er sich ausgemalt hatte.

Er musste den Zeugen so weit bringen, das er in seiner Erregung alles, aber auch alles dem Gericht erzählte, was notwendig war, um seinen Klienten zu entlasten.

Nach dem Duschen und dem Frühstück war die Normalität bei Bennos Pflichtverteidiger wieder eingekehrt.

Die positive Stimmung war zurückgedrängt worden und die innere Stimme meldete sich wieder kleinlaut zu Wort.

Die Frage, ob er es so durchziehen sollte, stellte er sich in den nächsten Minuten mehrmals, und er war sich jetzt gar nicht mehr so sicher, seine „träumerische Verteidigungstaktik" in die Realität um zusetzten.

Beim Verlassen der Wohnung war ihm noch nicht klar, wie er sich in gut zwei Stunden vor dem Schwurgericht präsentieren würde. Benno Troll wurde gegen neun Uhr dreißig in das streng abgesicherte Schwurgerichtsgebäude gebracht. Die Spannung stieg an diesem Tag noch einmal spürbar an, denn bei normalem Verlauf war klar, dass das Schwurgericht ein Urteil fällen würde.

Aus diesem Grund war auch die komplette Pressewelt aufgefahren, um das Ende dieses besonderen Falles live mitzuerleben. Die Sicherheitsvorkehrungen wurden noch einmal verschärft, und so verzögerte sich der Beginn des letzten Verhandlungstages um fünfzehn Minuten.

◆ ◆ ◆

Als der Vorsitzende Richter Hans Ruck den einundzwanzigsten Verhandlungstag eröffnete, war alles noch um einen Hauch brisanter, denn heute musste die Entscheidung fallen. Durch ein Handzeichen des Vorsitzenden Richters nahmen alle wieder auf ihren Stühlen Platz und hörten den Worten gespannt zu.

„Sollten wir heute bis vierzehn Uhr mit den beiden noch ausstehenden Zeugenbefragungen fertig sein, dann werden wir um siebzehn Uhr das Urteil verkünden!"

Damit beendete er seine Einführung und bestellte Herrn Stein als ersten Zeugen in den bis auf den letzten Platz gefüllten Gerichtssaal. Nach der obligatorischen Belehrung wandte sich der Vorsitzende Richter Hans Ruck sofort dem Zeugen zu und eröffnete mit der Aufforderung „Stellen Sie sich bitte vor und geben Sie Ihre Position im Unternehmen an!" Bereichsleiter Stein hatte die Gabe, sich in der Öffentlichkeit hervorragend darstellen zu können. Seine leicht rauchige, sonore Stimme erzählte sehr ausführlich das vom Richter Geforderte.

Es dauerte fast zehn Minuten, bis er schließlich zum Ende kam. „Erzählen Sie uns bitte alles, was Ihnen zu dem Opfer, Herrn Doktor Motzen, und zu dem Angeklagten, Herrn Benno Troll, aufgefallen ist!"

Auch jetzt fand Stein wieder gut den Übergang zu seiner Aussage, indem er seine Beine übereinanderlegte und mit der rechten Hand durch seine schwarzen Haare streifte.

Der folgende Monolog dauerte fast eine Stunde, in der er sinngemäß das wiedergab, was seine Kollegen schon erzählt hatten. Da weder der Oberstaatsanwalt noch Bennos Pflichtverteidiger Fragen an den Zeugen richteten, konnte Bereichsleiter Stein den Zeugenstand wieder verlassen.

Auf eine Vereidigung wurde verzichtet. Benno Troll war etwas enttäuscht, da er doch gestern Abend von seinem

Verteidiger nicht ohne Hoffnung zurückgelassen worden war.

Die kurze Pause, die zwischen den beiden Zeugenaussagen entstand, nutzte George Fichtel, um eine Entscheidung für sich zu treffen. Von der ursprünglichen Idee, den Zeugen Sikorsky aus der Reserve zu locken, war er jetzt wieder sehr weit entfernt.

Sollte er sich wirklich blamieren, wenn seine Strategie nicht aufging? Die großen Zweifel unterdrückten in dieser Phase seine rationale Denkweise und seine innere Stimme signalisierte ihm, es nicht auf das Risiko einer Konfrontation ankommen zu lassen.

Auf der anderen Seite sah er auf seinen Mandanten, von dessen Unschuld er vollkommen überzeugt war.

„Was tun, George Fichtel?" sprach er zu sich. Er bekam weder eine Antwort noch ein Signal aus seinem Inneren. Mit der Unsicherheit und dem Aufruf des Vorsitzenden Richters, der den letzten Zeugen in den Gerichtssaal kommen ließ, bekam er sich wieder einigermaßen in den Griff.

Bennos Verteidiger war klar, dass seine Attacke, wenn er sie tatsächlich setzen würde, nur dann Sinn machte, wenn sie am Ende der Befragung käme.

Bereichsleiter Sikorsky schien seinen Auftritt vor Gericht sichtlich zu genießen.

Er hatte ein leicht schmunzelndes Grinsen aufgesetzt und zeigte mit seiner Körpersprache alle Facetten seiner Arroganz. So ein Forum hatte er sich schon immer gewünscht.

So lange im Mittelpunkt der Öffentlichkeit zu stehen, dieser Gedanke beflügelte ihn noch mehr, und alle Anwesenden konnten sich nach der Belehrung durch den Richter davon überzeugen, das der Zeuge Sikorsky ein Selbstdarsteller par excellence war.

Seine einseitigen Schilderungen wurden mit Bewegungen der Arme so unterstützt, wie man es normalerweise nur bei einem Dirigenten sieht, der ein großes Symphonieorchester dirigiert.

Auch seine Augen schweiften durch den ganzen Raum, um noch mehr den Fokus auf sich zu lenken.

Benno Trolls Pflichtverteidiger ging die Selbstdarstellung viel zu weit und langsam meldete sich die starke innere Stimme, die ihn gestern Abend so motiviert hatte.

Je länger Sikorsky seine Show abzog, umso mehr legten sich bei George Fichtel die letzten Zweifel und er konnte es gar nicht mehr erwarten, dem Zeugen sein Lachen aus dem Gesicht zu holen. „Ganz ruhig, George Fichtel", kam es nochmals aus seinem Innersten heraus.

„Nicht überdrehen, bleib ruhig, du kannst es, mach es!" Das war das richtige Signal und so langsam erkannte man im Gesicht des Verteidigers eine bis dahin noch nicht vorhandene Entschlossenheit. Bereichsleiter Sikorsky sprach schon über neunzig Minuten, als er allmählich zum Schluss kam.

Der Vorsitzende Richter Hans Ruck fragte anschließend beide Rechtsvertreter, ob noch Fragen an den Zeugen gestellt werden sollten.

Der Oberstaatsanwalt winkte ab und auch der Zeuge Sikorsky rechnete offensichtlich nicht mehr mit einer

172

Befragung durch den Pflichtverteidiger George Fichtel, da er bereits seinen Platz verlassen hatte.

„Euer Ehren, ich hätte noch einige Fragen an den Zeugen!"

Eine trügerische Ruhe kehrte ruckartig in den Gerichtssaal zurück. Es war doch alles klar.

Die Zeugen hatten den Fall mehr als ausführlich mit dem Gericht abgehandelt.

Äußerlich auffallend ruhig begrüßte Benno Trolls Pflichtverteidiger den Zeugen.

Der Bereichsleiter Sikorsky schaute leicht irritiert, denn von seiner Seite aus hatte er doch den Anwesenden alles in aller Ausführlichkeit beschrieben und erklärt.

Auf die einfachen Fragen des Anwalts konnte der Befragte meist nur mit ja oder nein antworten.

So kurze Sprachintervalle kannte Herr Sikorsky kaum, und so fühlte er bei der Befragung etwas Unbehagen.

Neben Fragen über seine Schulzeit, seine Militärzeit bis hin zu Urlaubserinnerungen und Familientreffen streute George Fichtel seinen Köder.

Nach fünf Minuten reklamierte der Zeuge die Art der Befragung zum ersten Mal ohne Emotionen. Dieser Meinung schlossen sich der Oberstaatsanwalt und auch die Mehrzahl der im Zuhörerraum befindlichen Prozessbeobachter an. Für den Verteidiger war es jetzt aber der Start, um die Schlinge, die er nun um den Hals des Bereichsleiters Sikorsky gelegt hatte, langsam zuzuziehen.

„Welche Zahncreme verwenden Sie bei Ihrer morgendlichen Toilette, Herr Sikorsky?"

„Jetzt reicht es mir aber!"

kam es nun schon etwas trotziger von diesem zurück.

„Herr Vorsitzender, muss ich mir so einen Mist gefallen lassen?" „Herr Verteidiger, bitte bleiben Sie beim Thema und verschleppen Sie nicht das Verfahren",

rügte der Vorsitzende Richter Hans Ruck die Art der Befragung, erteilte George Fichtel aber weiter das Wort.

„Entschuldigen Sie bitte, Herr Richter, aber ich denke, da ist noch etwas, das uns der Zeuge bis jetzt vorenthalten hat!

Herr Sikorsky, wie wichtig schätzen Sie Ihre Tätigkeit im Unternehmen ein?"

Mit dieser Frage fuhr er mit seiner Befragung fort.

„Sagen Sie bitte nur eine Zahl zwischen eins und sechs.

Eins ist sehr wichtig, sechs ist sehr unwichtig!"

Nicht nur Bennos Verteidiger erkannte jetzt, dass der Zeuge kurz vor einem emotionalen Vulkanausbruch stand und enorm nach Luft rang, bevor er völlig außer Kontrolle geriet und den Anwalt anschrie:

„Was glauben Sie denn, wer ich bin?

Ich stehe einer Gruppe von dreihundert Mitarbeitern vor und habe die Macht, Entscheidungen zu treffen, von denen Sie nur träumen können, Sie Paragraphen-jongleur!"

Jetzt war Sikorsky nicht mehr zu halten, er stand auf, beschimpfte Bennos Verteidiger aufs übelste, beleidigte das Gericht wegen der Art der Verhandlungsführung und unterstrich dies noch mit dem Stampfen seiner Füße auf den Boden. Jetzt oder nie, dachte George Fichtel und setzte zur entscheidenden Attacke auf Sikorsky an.

„Sie sind ein Nichts,

Sie haben in dem Unternehmen überhaupt nichts zu sagen", fuhr er dem Zeugen so in die Parade, dass der kurz vor einem Herzstillstand war und keine Kontrolle mehr über sein rationales Handeln hatte.

„Sie hätten Herrn Benno Troll im Unternehmen niemals Anweisungen erteilen dürfen, Sie eitler Gockel!"

Mit dieser Aussage schob er gleich die nächste Beleidigung nach. George Fichtel wusste, dass es sich jetzt in den nächsten Sekunden entscheiden würde, ob er den Prozess für seinen Mandanten noch drehen konnte oder ob er wegen der rohen Beleidigungen im hohen Bogen aus der Anwaltsvereinigung fliegen würde.

Die Entscheidung kam prompt, denn Sikorsky kannte keine Grenzen mehr, und seinem Drang, es dem Anwalt einmal so richtig heimzuzahlen, kam er jetzt reichlich nach.

„Benno Troll, der Schwächling, dem habe ich jeden Tag gezeigt, wo es langgeht, den habe ich schikaniert, dem habe ich das Leben zur Hölle gemacht, der war doch schon am Ende!"

Jetzt musste George Fichtel schnell reagieren und spannte den Bogen zum Opfer mit der plötzlichen Zwischenfrage:

„Das hätte Doktor Motzen nie zugelassen, dass Sie Herrn Benno Troll täglich mobben!"

„Waaas sagen Sie da, der Alte hätte da etwas dagegen gehabt?

Da lach' ich doch, niemals, im Gegenteil, Herr Doktor Motzen hatte uns mehrmals angestiftet, den Versager fertigzumachen, er hatte einen großen Gefallen daran, wenn wir mittags im Postgespräch über die Attacken berichteten." Und jetzt gab der Befragte richtig Gas. „Herr Doktor Motzen hat es gezielt auf ihn abgesehen, er hat es dem Blockierer schon gezeigt, das man sich im Leben mehrmals trifft und er es nicht vergessen hat, wie der Troll jahrelang die Interessen seiner Kollegen über Gebühr vertreten hat.

Der Linke hätte ja um ein Haar mit seiner Anschauung die Firma kaputtgemacht!"

„Sie geben also zu, den Angeklagten systematisch ruiniert zu haben?"

schob Bennos Pflichtverteidiger schnell dazwischen.

„Ruiniert?

Jawohl, den Troll haben wir richtig fertiggemacht, den hätten Sie zum Schluss mal sehen sollen, der hat doch nur noch gezittert, und wäre nicht diese schlimme Tat geschehen, dann hätten wir es schon geschafft, ihn zum Wahnsinn zu treiben!"

Bennos Pflichtverteidiger sah jetzt den richtigen Zeitpunkt gekommen, die Befragung zu beenden.

Ruhe, absolute Stille ergoss sich plötzlich über den Gerichtssaal und die Stimmung hatte sich schnell ins Gespenstische gedreht. Die Anwesenden konnten ihren eigenen Atem hören und viele vergaßen aus diesem Grund beinahe das Luftholen.

Selbst die Richter, die in ihrem langen Berufsleben schon viele Besonderheiten erlebt hatten, waren sprachlos.

Nur ganz langsam kam wieder ein leises Gemurmel in den Gerichtssaal.

Der Vorsitzende Richter Hans Ruck fragte an diesem Tag ein letztes Mal mit sehr unsicherer Stimme:

„Wer hat noch weitere Fragen an den Zeugen?"

Jetzt kam kein Einwand mehr, und gegen alle Planungen beendete der Vorsitzende vorzeitig den Verhandlungstag. Der Gerichtssaal leerte sich nur langsam und alle Beteiligten fanden erst nach einer geraumen Zeit ihre Fassung wieder, um über das gerade Erlebte zu sprechen. Bereichsleiter Karel Sikorsky saß nach wie vor auf seinem Stuhl und erkannte nur langsam seine neue Situation. Er stand unter Schock und musste später von Vertretern des Roten Kreuzes betreut werden.

♦ ♦ ♦

Geholfen hatte die extrem emotionale Aussage am meisten dem Angeklagten Benno Troll. Nicht nur dazu, seine prekäre Situation vor Gericht zu verbessern, diente der Auftritt, nein, viel wichtiger für Benno war die Tatsache, das seine Psyche in der ganzen Zeit intakt gewesen war und er die ganze schwere Zeit tatsächlich erlebt hatte.

Mit dieser befreienden Erkenntnis ging er jetzt gar nicht mehr ohne Hoffnung in seinen Zellentrakt zurück.

Die Presse hatte das, was sie wollte. So eine Geschichte bekam man nicht jeden Tag auf dem Tablett serviert, bei der sich von einer Minute auf die andere eine von keinem auch nur geahnte Wende vollzog.

Viele Menschen waren gespannt, auf welche Seite sich die Journalisten am darauffolgenden Tag schlagen würden. Das Gericht zog sich im Anschluss noch einmal zurück und entschied, dass das Verfahren mit zwei Tagen Pause am nächsten Freitag mit den Plädoyers der Staatsanwaltschaft und der Verteidigung fortgesetzt werden sollte. Die Strategie von Benno Trolls Pflichtverteidiger George Fichtel war in den nächsten Stunden das meist diskutierte Thema in den Medien und auch bei den Zuhörern fand die Art der Verteidigungsführung großen Zuspruch.

Von genial bis lebensmüde wurde seine Art der Rechtsauslegung gehandelt.

Ihm selber war klar, das sich die Situation seines Klienten auf jeden Fall verbessert hatte. Nur die alles entscheidende Frage würde wohl sein: Ab welchen Zeitpunkt darf man sich mit so einer schlimmen Tat wehren?

Wäre Doktor Motzen mit einer Eisenstange auf Benno Troll losgegangen, dann wäre der Tatbestand der Notwehr auf jeden Fall anerkannt worden.

Es muss mir gelingen, es dem Gericht plausibel zu beweisen, dass jahrelanges Mobbing den gleichen Stellenwert einnimmt wie ein körperlicher Angriff!

Mit diesem Gedanken beendete er den aufregendsten Tag in seinem Berufsleben. Er holte in der Nacht seinen kompletten Schlaf nach und wachte am nächsten Morgen gut erholt gegen zehn Uhr auf. Seine Gedanken waren jetzt besser geordnet und nach einem ausgiebigen Frühstück wollte er ins Bezirksgefängnis zu einer weiteren Abstimmung mit dem Angeklagten fahren.

Das Ganze gestaltete sich wesentlich schwieriger als erwartet. Das Telefon stand an diesem Morgen nicht mehr still. Bekannte, Freunde, Menschen, mit denen George schon lange keinen Kontakt mehr gehabt hatte, meldeten sich im Fünf-Minuten-Takt.

Alle bewunderten die Kaltschnäuzigkeit und seine Art, einem so enormen Druck standzuhalten.

Benno Trolls Pflichtverteidiger genoss die Huldigungen insgeheim doch sehr. Nach außen hin stellte er sich eher etwas in den Hintergrund. Neben seiner neuen Anhängerschar erreichten ihn aber auch kritische Äußerungen. Die wenigen Anrufer waren ältere Kollegen, die seine Art als höchst risikoreich und leichtsinnig ansahen.

Mit zwei Stunden Verspätung konnte er sich schließlich auf den Weg machen.

„Das ist eine mittlere Katastrophe!"

begann Herr Strassnitz, der Staatssekretär der Justiz, eine spontan einberufene Kabinettssitzung in der Staatskanzlei.

„Der politische Schaden, der gestern im Gerichtssaal entstand, wird uns noch einige Zeit belasten."

Er befragte alle im Raum befindlichen Experten über das weitere Vorgehen.

Die heftige Debatte dauerte mehrere Stunden und am Ende ging es nur noch darum, ob man den Vorsitzenden Richter Hans Ruck noch für das ausstehende Urteil sensibilisieren sollte.

Eine Entscheidung dazu konnte an diesem Tag noch nicht gefällt werden, und so verschoben die betagten Herren das Problem auf den nächsten Tag. Der Druck erhöhte sich noch mehr, als sich der komplette deutsche Blätterwald auf die neue Situation einstellte und dem Prozess jetzt auch nach außen hin die Bedeutung zukommen ließ, die ihm von der Bevölkerung beigemessen wurde.

Endlich wurde das Thema, das in der deutschen Arbeitswelt allgegenwärtig war, zum ersten Mal in der Öffentlichkeit so dargestellt, wie es tatsächlich war!

Die Redaktionen verzeichneten eine überproportionale Steigerung von Leserbriefen, die aus der ganzen Republik versandt wurden. Fast übereinstimmend waren die Inhalte.

Es nahmen sich immer mehr Menschen den Mut und schilderten oft ähnliche Verfehlungen von Vorgesetzten, die auch nicht geahndet wurden und größtenteils noch anhielten. Wie im Schneeballsystem entwickelte sich jetzt auf mehreren Ebenen eine rege Diskussion um das Thema Mobbing am Arbeitsplatz. Unter diesen Umständen und mit vielen Fragezeichen begann am Freitag der letzte Verhandlungstag mit den beiden noch ausstehenden Plädoyers von Oberstaatsanwalt Knoll und dem jetzt immer mehr ins Rampenlicht gerückten Verteidiger George Fichtel.

Nach der Begrüßung des Vorsitzenden Richters Hans Ruck nahmen die Anwesenden Platz und der Oberstaatsanwalt Knoll ergriff das Wort.

Er verlas eine Erklärung, wonach gegen die Zeugen Stein, Burschy und Häberle ein Verfahren wegen Falschaussage eingeleitet werde. Der emotionale Auftritt des Zeugen Sikorsky habe diese Tatsache zutage gebracht.

„Da keine Verdunkelungsgefahr besteht, werden die Haftbefehle noch nicht vollstreckt!"

„Vielen Dank, Herr Oberstaatsanwalt, für Ihre Ausführungen", übernahm der Vorsitzende Richter wieder die Leitung des Verfahrens.

Nach einigen organisatorischen Hinweisen übergab er dem Vertreter der Anklage nochmals das Wort, um die Anklage zu begründen und das Strafmaß festzusetzen.

„Hohes Gericht, meine sehr verehrten Anwesenden, heute geht ein besonderes Verfahren zu Ende.

Alle Beteiligten konnten sich selbst ein Bild von der Komplexität des Falles machen. Gerade der letzte Verhandlungstag hat uns noch einmal ganz deutlich aufgezeigt, das Menschen auf Grund ihrer Persönlichkeit Dinge sagen oder eben nicht sagen, die für ein Verfahren dieser Größenordnung extrem wichtig sind.

Hätte Herr Sikorsky uns nicht in letzter Sekunde eines Besseren belehrt, dann würden wir heute Recht sprechen ohne einen moralischen Zwang. Für das Gericht ist es besonders beschämend, das Menschen, die im normalen Leben als Vorbilder angesehen werden, vor Gericht die Unwahrheit sagten und sich zu einem Meineid hinreißen ließen, nur um einen auf Lügen aufgebauten Apparat zu stützen.

Ich denke, diese Handlungsweise spiegelt momentan das Bild unserer Gesellschaft wider.

Unser Land hat keine Vorbilder mehr, denen junge Menschen nacheifern könnten. Und trotz alledem dürfen wir nicht vergessen, das wir uns heute mit einem Tötungsdelikt auseinandersetzen müssen, das in seiner Ausführung kaltblütig und vorsätzlich durchgeführt wurde.

Die Staatsanwaltschaft bleibt trotz der ganzen Ungerechtigkeiten, die dem Angeklagten durchaus angetan wurden, bei seiner Anklage wegen Mordes!

Hohes Gericht, meine Anwesenden, ich werde es Ihnen in den nächsten Minuten eindeutig beweisen, dass es für diese Tat kein anderes Urteil geben darf.

Der Angeklagte Benno Troll hat in den frühen Morgenstunden des 18. Mai den Entschluss gefasst, seinen Vorgesetzten und Geschäftsführer Doktor Motzen zu erschießen.

Er hat es bei vollem Bewusstsein geplant, vorbereitet und letztendlich auch umgesetzt.

Und das ist der entscheidende Punkt.

Er hat es vorsätzlich, das heißt mit vollem Bewusstsein geplant und die Tat auch kaltblütig durchgeführt.

Die Verteidigung hat in den letzten Verhandlungstagen immer wieder versucht, den Täter als Opfer darzustellen.

Teilweise gebe ich da meinem Kollegen Fichtel durchaus recht. Benno Troll war ein Opfer, ihm wurde ganz übel mitgespielt, und das gilt es auch zu verurteilen. Das

182

Verhalten der Bereichsleiter im Unternehmen ist untragbar und mir ist aus den letzten Jahrzehnten auch kein Fall bekannt, in dem einem Menschen so übel mitgespielt wurde.

Aber trotz alledem, Hohes Gericht, ist das kein Freifahrtschein für den Beschuldigten, so eine Tat zu begehen. Benno Troll hat einen Menschen ohne Vorwarnung kaltblütig erschossen.

In diesem Verfahren haben wir noch gar nicht über die Hinterbliebenen gesprochen. Durch diese Tat hat eine Frau ihren Mann verloren, zwei Kinder haben ihren Vater verloren.

Die Eltern, bereits im hohen Alter, verloren durch dieses Verbrechen ihren Sohn. Der Angeklagte hat einer intakten Familie sehr großes Leid zugefügt. Tausende von Mitarbeitern verloren ihren Geschäftsführer, eine Stadt einen großen Mäzen und viele Topmanager einen überall geachteten und anerkannten Gesprächspartner.

Hohes Gericht, auf Grund der von mir aufgezeigten Fakten kann es nur ein Urteil geben.

Die Staatsanwaltschaft fordert deshalb eine lebenslange Freiheitsstrafe wegen Mordes an Herrn Doktor Motzen!"

Dem Oberstaatanwalt war es durch seine gezielte Faktensammlung gelungen, eine große Menge an Emotionen aus dem Fall herauszunehmen.

Die anwesenden Zuhörer wechselten größtenteils ihre im Vorfeld bereits festgelegte Meinung und sahen die Dinge aus einer ganz anderen Perspektive.

Der Vorsitzende Richter Hans Ruck unterbrach die Verhandlung heute nicht und bat gleich anschließend den

Vertreter der Verteidigung um sein Schlussplädoyer. „Hohes Gericht, Herr Oberstaatsanwalt, liebe Prozessbeobachter, der Vertreter der Anklage hat uns die Tat noch einmal allgegenwärtig werden lassen. Ich stimme auch mit ihm überein, wenn er die Tat isoliert von der Gesamtsituation beurteilt.

Leider gibt es in der deutschen Rechtsprechung keinen Katalog für psychische Straftaten.

Wäre Herr Doktor Motzen mit einem Gegenstand, wie zum Beispiel einer Eisenstange, auf meinen Mandanten losgegangen, so wäre Benno Troll wegen Notwehr freigesprochen worden.

Ich möchte den Bogen in die Psychiatrie spannen und alle Anwesenden fragen, mit welcher Art der psychischen Verletzung man einen Vergleich zu körperlichen Schmerzen herbeiführen kann. Extremes Mobbing über einen Zeitraum von einer Woche könnte man mit einem Schlag ins Gesicht vergleichen.

Mobbing über einen Zeitraum von einem Monat mit einem Schlag in den Unterleib.

Wird man ein Jahr genötigt und so zur Verzweiflung gebracht, das man wochenlang nicht mehr schlafen kann, so würde der Vergleich sicher in einer schweren Körperverletzung münden.

Und jetzt legen wir die Messlatte einmal in diesem Fall an, den wir heute hier verhandeln, ein Fall, in dem der Beschuldigte nicht einen Tag, nicht einen Monat und auch nicht ein Jahr, sondern über Jahre hinweg von einem Mann und seinen kranken Gehilfen permanent auf das Schlimmste drangsaliert und gedemütigt wurde, mit

184

dem Ergebnis, dass sein bis dahin intaktes Innenleben völlig zerstört wurde."

Benno Trolls Verteidiger brauchte keinen Übergang zum körperlichen Vergleich erzeugen.

Dem Gericht und allen Anwesenden wurde jetzt zum ersten Mal richtig bewusst, welche Qualen der Angeklagte über all die Jahre zu ertragen hatte. „Das Problem, das Benno Troll momentan hat, besteht darin, dass das deutsche Rechtssystem keine Antwort auf diese Art der menschlichen Vernichtung hat!"

Mit dieser schwerwiegenden Aussage traf George Fichtel den Nagel genau auf den Kopf.

„In den Jahren, als unsere Vorfahren den Strafkatalog für das deutsche Rechtssystem ins Leben gerufen haben, dachte doch niemand daran, das es Jahre später einmal so eine krankhafte und perverse Art der Menschenverachtung geben würde!"

In diese Aussage legte der Pflichtverteidiger sein ganzes Herzblut hinein und man sah ihm dies äußerlich auch an.

Wurden seine Ausführungen in den letzten Minuten noch von einer entschlossenen Körperhaltung geprägt, so ließ seine Spannung nach dem letzten Satz langsam nach und seine Schultern senkten sich etwas nach unten.

„Hohes Gericht, ich möchte meine Ausführungen mit einer Bitte beenden.

Sprechen Sie Recht im Sinne der Paragraphen, aber auch im Sinne der Moral, denn das deutsche Volk hat ein Recht darauf!

Vielen Dank für Ihre Aufmerksamkeit."

Das waren die letzten Worte von Benno Trolls Pflichtverteidiger George Fichtel in diesem Verfahren.

Innerlich völlig am Ende, äußerlich mit leichten Schweißrändern im Achselbereich, nahm er neben dem Angeklagten wieder auf der Anklagebank Platz.

„Vielen Dank, Herr Verteidiger, für Ihr Plädoyer. Herr Benno Troll, als Angeklagter haben Sie das letzte Wort. Wollen Sie von Ihrem Recht Gebrauch machen?"

Durch ein schüchternes Nicken bejahte er die Frage des Richters. „Hohes Gericht, Familie Motzen, heute, nach einer geraumen Zeit, sehe ich die Tat aus einer ganz anderen Sicht. Ich fühle mich schuldig, da es mir vor einem knappen Jahr nicht gelungen ist, mein Problem, das durchaus vorhanden war, anderweitig zu lösen.

Zum Zeitpunkt der Tat aber war es für mich eine totale Erleichterung von einer übergroßen Last, von der ich mich befreien musste.

Ich hatte keine moralischen Bedenken und auch das Gewissen meldete sich nicht.

Mein Rechtsempfinden war zu dieser Zeit gestört. Nicht aus niedrigen Beweggründen, nein, bei mir ging es um das nackte Überleben.

Der Druck, der täglich mein Handeln und Denken beeinflusste, war am Ende nicht mehr auszuhalten.

Ich möchte mich heute bei allen entschuldigen, denen ich durch meine Tat großes Leid zugefügt habe!"

Damit beendete Benno Troll seine Ausführungen. Der Vorsitzende Richter Hans Ruck übernahm wieder das Wort und beschloss den letzten Verhandlungstag mit den Worten:

„Ein nicht alltäglicher Prozess ist heute zu Ende gegangen. Ich möchte mich bei allen Beteiligten für die Art und Weise bedanken, mit der wir die nicht immer einfache Thematik behandeln konnten. Als Termin für die Urteilsverkündung ist der 24. November, zehn Uhr, vorgesehen!"

Obwohl alle Beteiligten sich ausführlich zu Wort gemeldet hatten und alle relevanten Abläufe noch einmal konkret und ausführlich besprochen worden waren, konnte sich niemand mit einer Entscheidung anfreunden, die das Gesetz für diese Tat vorgesehen hatte.

Bei einer Verurteilung wegen Mordes müsste der Angeklagte Ben-no Troll für fünfzehn Jahre hinter Gitter. Bei einer Notwehr käme er sofort auf freien Fuß. Es war klar, das das Thema überall sehr kontrovers diskutiert wurde. Die Presseberichte entfachten in der Öffentlichkeit enormes Aufsehen. Überall wurden Passanten von Reportern über ihre Meinung befragt, Live-Diskussionen im Fernsehen fesselten Millionen von Zuschauern, Leserbriefe in allen Zeitungen bekundeten weiter ein großes Interesse an dem Fall. Man konnte fast sagen, dass ein ganzes Volk sich auf irgendeiner Art dieses Falles angenommen hatte.

In illegalen Wettbüros konnte man das erste Mal Geld auf das Urteil setzen. Und was ging in den Köpfen der Betroffenen vor?

Benno Troll bereitete sich in seiner Zelle auf den Tag der Urteilsverkündung vor.

Durch das in der letzten Zeit immer mehr in den Vordergrund drängende Gefühl eines Schuldeingeständnisses konnte er sich selbst eine Verurteilung über einen längeren Zeitpunkt vorstellen. Wenn er zurückblickend an die letzte Zeit vor der Tat dachte, fühlte er sich jetzt aber doch wesentlich freier und gelassener. An sein neues Umfeld durfte er natürlich bei dieser Betrachtungsweise nicht denken, denn an das hatte er sich noch nicht gewöhnen können, und wie es aussah, würde es wohl noch lange dauern, bis er in der Lage sein würde, damit umzugehen.

Benno Troll hatte sein eigenes Ich wiedergefunden, er hatte wieder eine Basis, auf der er irgendwann erneut etwas aufbauen konnte. Dieses Bewusstsein stärkte seine Zuversicht. Auch der Auftritt seiner Ex-Partnerin Bettina vor Gericht hatte ihm sehr gut getan. Und so ging Benno Troll gefasst, aber nicht ohne Hoffnung zu seiner letzten öffentlichen Auseinandersetzung mit dem Rechtsstaat. Ganz anders war die Situation bei den fünf Richtern, die nach den turbulenten Verhandlungstagen Recht sprechen mussten.

Bereits am Abend des letzten Verhandlungstages versammelten sie sich in einem Nebenraum des Gerichtsgebäudes.

Hier vereinbarten die Robenträger das weitere Vorgehen in der Strafsache Doktor Motzen.

Dies sah nach einem kleinen Entscheidungsmarathon aus, denn bereits am nächsten Morgen um acht Uhr kamen sie wieder zusammen.

Nach einer kurzen Begrüßung durch den Vorsitzenden Richter Hans Ruck begannen die Richter mit der Festlegung des Strafmaßes. Plötzlich öffnete sich die

188

Türe des Sitzungssaales Nr.7 und ein nicht angemeldeter Gast erschien in dem mit Parkett getäfelten Raum. Staatssekretär Strassnitz vom Justizministerium betrat mit zwei unbekannten Männern ganz überraschend den Sitzungssaal und unterbrach die Veranstaltung ohne Begrüßung.

„Sehr geehrter Vorsitzender Richter Ruck, meine Herren Richter, ich komme gerade vom Ministerpräsidenten, der Sie noch einmal auf die Tragweite des Urteils hinweisen möchte.

Er appelliert an Ihre Loyalität und an Ihre Möglichkeiten, den Spielraum in diesem Verfahren so auszuschöpfen, das Doktor Motzen auf keinen Fall, ich wiederhole: auf gar keinen Fall, als Mitschuldiger in Erscheinung treten darf.

Ich darf Sie noch einmal daran erinnern, das der Ermordete jahrelang unsere Parteikasse immer gut genährt hat und als Vorbild in unserer Partei angesehen wird. Sollte das Urteil im Sinne der Regierung gefällt werden, so könnte sich für jeden einzelnen von Ihnen einmal eine Tür öffnen, die Ihrer Zukunft eine gute Perspektive bieten kann.

Meine Herren, ich hoffe, ich habe mich deutlich genug ausgedrückt. Und dieses Gespräch heute Morgen hat auch nie stattgefunden." Ohne Gruß verließen die drei den Sitzungssaal und ließen das Richtergremium etwas unsortiert zurück.

Minutenlange Stille deutete auf eine gewisse Hilflosigkeit hin. Nur langsam kehrte wieder die Normalität zurück.

189

Etwas gezeichnet versuchte der Vorsitzende Richter Hans Ruck sich und die anderen wieder auf ihre eigentliche Aufgabe einzuschwören. Dies gelang ihm aber überhaupt nicht, da die anderen eine Menge Fragen an ihn richteten.

Die nächsten zwei Stunden wurde nur über den Auftritt des Staatssekretärs diskutiert.

Hans Ruck unterstrich noch einmal sehr massiv die Bedeutung der Politik im Rechtsstaat, verwies aber immer wieder auf die Unabhängigkeit eines deutschen Strafgerichts. Mehrere Stapel von Gesetzesbüchern türmten sich auf den Tischen, als man sich wieder auf das Wesentliche besann und mit einer nicht eingeplanten Verspätung endlich den Arbeitstag begann.

Schnell stellte sich heraus, das sich die fünf noch lange nicht einig waren.

„Die Tat alleine ist ohne irgendeinen Abstrich eindeutig als ein heimtückischer Mord anzusehen und die Ausführung kann man durchaus als kaltblütig bezeichnen! Ich denke, da sind wir uns wohl alle einig."

Diese Erklärung von Richter Walter Beistle bejahten seine Kollegen ohne Einschränkungen. Die alles entscheidende Frage formulierte Laienrichter Kaspar Weiß, in dem er den psychischen Zustand des Täters bei der Tat ansprach. „Wie weit muss ein intaktes Innenleben beschädigt sein, um so eine grausame Tat zu begehen, welche Sicherungsmechanismen haben da versagt?"

„Ich weiß es nicht!" antwortete Richter Sven Althaus, „und ich denke, das Rätsel werden wir wohl nie ganz lösen!" Mit diesen Worten unterstrich er seine Unentschlossenheit.

Laienrichter Kaspar Weiß versuchte einen Vergleich und stellte den Verlust seiner Frau Bettina, das Abwenden seiner besten Freunde, die über Jahre hinweg erlittene Schlaflosigkeit, das Leben in seiner Isolation und die allzeit gegenwärtigen Gedanken über einen Selbstmord einer Tat mit körperlichen Folgen gegenüber.

Er stellte jedem einzelnen seine zuvor formulierte Frage und forderte auch einen vergleichbaren Tatbestand.

Richter Sven Althaus antwortete nach kurzer Überlegung: „Schwere Körperverletzung!" „Erpressung",

hörte man Richter Walter Beistle sprechen.

„Herr Vorsitzender, was sehen Sie als vergleichbar an?" hakte Laienrichter Weiß beim Verhandlungsführer, Richter Hans Ruck, nach.

„Doktor Motzen hat den Angeklagten Benno Troll innerlich langsam auf eine ganz furchtbare Art getötet."

Leicht irritiert durch diese eindeutige Aussage, befragte Weiß zum Schluss noch den zweiten Laienrichter Peter Naumann.

Naumann antwortete kurz und bündig:

„Schwerer Diebstahl, denn das Opfer, Herr Doktor Motzen, hat dem Angeklagten sein intaktes Leben gestohlen und nur ein gebrechliches Äußeres übriggelassen!"

Der Vorsitzende Richter resümierte die Antworten und erkannte, das jede einzelne Antwort ausreichen würde, um den Tatbestand der Notwehr zu erfüllen. Wichtig war, dass sich die fünf mit ihren Aussagen immer näherkamen. Das Problem lag ganz eindeutig darin, dass das Strafgesetz keinen einzigen Passus beinhaltete, der den Tatbestand von Mobbing in irgendeiner Weise aufgriff.

Diese Tatsache war in den nächsten Stunden der Mittelpunkt der Diskussion und alle Beteiligten taten sich sehr schwer, eine Argumentation zu finden, um Recht zu sprechen.

Der Tatbestand der Nötigung und Erpressung, unterlassene Hilfeleistung und der Missbrauch von Gleichheitsprinzipien wurden nur am Rande erwähnt, da diese vom Gesetz grundsätzlich verfolgt werden, aber in dem Fall nicht zur Anwendung kommen konnten, da diese Delikte nicht reell waren.

Das Richtergremium saß noch bis dreiundzwanzig Uhr zusammen und erreichte tatsächlich eine Übereinstimmung, die am Ende auch von allen getragen wurde.

Der Weg dahin war sehr steinig und einige Kritikpunkte wurden sehr persönlich ausgetragen. Ein Hauptgrund war neben dem komplexen Fall der Auftritt von Staatssekretär Strassnitz, dessen Worte an das Hohe Gericht im Grunde den Tatbestand der Nötigung erfüllten.

Da Richter letztendlich auch nur Menschen sind, konnten sie sich dem zweideutigen Angebot nicht komplett entziehen. Um den Spagat erfolgreich zu Ende zu bringen, war jetzt der Vorsitzende Richter Hans Ruck gefragt, der bei der Urteilsbegründung am übernächsten Tag die Worte so wählen musste, dass das Opfer auch

Opfer blieb und der Täter trotzdem nicht zu einer lebenslangen Freiheitsstrafe verurteilt werden sollte.

Alle Robenträger waren innerlich zufrieden, als sie gegen Mitternacht den Weg nach Hause antraten.

Benno Trolls Pflichtverteidiger George Fichtel brauchte die zwei verhandlungsfreien Tage, um sich zu erholen. So einen Prozess hatte er noch nie erlebt und er hatte auch im Verlauf des Strafverfahrens über fünf Kilogramm an Gewicht verloren.

Er war mit dem Verlauf und seiner Prozessführung zufrieden.

Diese Einschätzung wurde durch positive Presseberichte und anerkennende Worte von Kollegen gestützt.

George Fichtel war klar, das es für die Richter sehr schwer werden würde, in diesem Fall Recht zu sprechen.

Reichten die Argumente der Verteidigung aus, dann müsste das Gericht auf Notwehr in einem besonders schweren Fall entscheiden und seinen Mandanten sofort auf freien Fuß setzen.

Erkannte das Gericht aber auf schuldig und beurteilte die Schilderungen aller im Prozess Beteiligten nicht in dem Maße, so musste Benno Troll wegen Mordes für mindestens fünfzehn Jahre hinter Gitter.

In gleicher kontroverser Art wurde das Urteil im deutschen Blätterwald schon vorweggenommen.

Experten meldeten sich zu Wort und brachten ihre Meinung ein. Die Regenbogenpresse stand eindeutig hinter Benno Troll und brachte auch schon seit Wochen Geschichten aus seiner Kindheit und seinem Privatleben und befragte Bekannte, die die eine oder andere Story zu erzählen wussten.

Die großen deutschen Tageszeitungen gingen das Thema wesentlich sensibler an und ließen ihre unterschiedlichen Interpretationen durch Juristen begründen.

In den letzten Jahren hatte wohl kein Fall in Deutschland so viel Aufsehen erregt wie der Mobbing-Mord vor dem Fabrikgelände. Millionen von Menschen sahen Parallelen zu ihrer eigenen Lage im Berufsleben.

Dementsprechend war auch die Medienpräsenz am Tag der Urteilsverkündung vor dem Schwurgericht. Über zweihundert Polizisten waren anwesend, um einen reibungslosen Ablauf zu garantieren. Der Andrang war nur schwer zu bewältigen und auf Grund der begrenzten Platzmöglichkeiten konnten nur zehn Prozent der Wartenden in das Gerichtsgebäude gelangen.

◆ ◆ ◆

Eine Stunde vor der Urteilsverkündung kam es zu einem geheimen Treffen zwischen dem Vorsitzenden Richter Hans Ruck, Benno Trolls Pflichtverteidiger George Fichtel, einem Vertreter des Justizministeriums und dem Oberstaatsanwalt Knoll.

Nach nur zwanzig Minuten verließen sie nacheinander und in verschiedene Richtungen den Nebenraum, in dem sie eine richtungsweisende Entscheidung getroffen hatten.

Benno Troll wurde relativ früh in das Gerichtsgebäude geführt. Er hatte einen grauen Anzug und eine blau-grau-blau gestreifte Krawatte an und stand in schwarzen Halbschuhen vor dem Richtertisch.

Rechts und links von ihm standen zwei Justizbeamte, die ihn an jedem Prozesstag begleiteten.

Mit dem Eintreffen seines Pflichtverteidigers Fichtel und des Oberstaatsanwalts Knoll erkannte Benno Troll allmählich die Bedeutung des heutigen Tages.

Voller Spannung saßen die Zuhörer und Presseleute in dem bis auf den letzten Platz gefüllten Verhandlungsraum des Schwurgerichtes. Gespannt warteten alle auf das Öffnen der Seitentür und das Hereintreten der fünf Richter. Durch das ruckartige Öffnen der schweren Eichentüre und den entschlossenen Einmarsch der Richter verstummte für kurze Zeit das Gemurmel im Zuhörertrakt. „Ich bitte Sie, sich zu erheben", eröffnete der Gerichtssprecher kurz nach zehn Uhr den letzten Verhandlungstag mit der Urteilsverkündung.

Nach der Begrüßung des Vorsitzenden Richter Hans Ruck und einem kurzen Handzeichen nahmen alle Anwesenden wieder Platz. „Im Namen des Deutschen Volkes ergeht folgendes Urteil."

Parallel zu den ersten Worten des Vorsitzenden Richters erhob sich Benno Troll von seinem Stuhl und vernahm das Urteil im Stehen. „Der Angeklagte Benno Troll ist schuldig am Tod von Doktor Motzen und wird zu einer Gefängnisstrafe von fünf Jahren verurteilt!"

In der Begründung erläuterte der Richter das Strafmaß.

„Wir haben bei dem Prozess wochenlang über eine Tragödie mit zwei Opfern verhandelt.

Auf der einen Seite der Getötete, ein Mann, der erfolgreich ein Unternehmen leitete, der großzügig soziale Einrichtungen unterstützte, der Einfluss auf eine erfolgreiche Politik nahm und als angesehener und ehrbarer Bürger unserer Stadt bekannt war.

Auf der anderen Seite der Täter, Herr Troll der jahrelang als Personalratsvorsitzender im gleichen Unternehmen tätig war.

Herr Benno Troll hat sich in dieser Zeit vorbildlich für die Schwachen eingesetzt und war als menschliches Vorbild anerkannt. Man fragt sich heute, wie konnte es zu so einer schrecklichen Tat kommen?

Die Psyche, die Gedanken jedes einzelnen sind schwer einsehbar, und deshalb kann man gewisse Strömungen von außen nicht erkennen. Man kann etwas erahnen, aber das sind nur Vermutungen. Wie wir im Prozess erfahren haben, wurde Benno Troll böse mitgespielt.

Auch das Benehmen der Bereichsleiter gegenüber dem Opfer ist nur schwer nachzuvollziehen.

Diese krankhafte Neigung des gesamten Führungs-apparates ist auf das heftigste zu kritisieren und auf keinen Fall in irgendeiner Weise zu entschuldigen.

Durch das jahrelange Martyrium wurde das Opfer, das dann in seiner großen Verzweiflung zum Täter wurde, systematisch zerstört und fast in den Wahnsinn getrieben.

196

Für alle Anwesenden und das Gericht ist es schockierend, das man in unserer Gesellschaft einen Menschen zu Fall bringt, obwohl die Vorgesetzten ihm gegenüber eine Fürsorgepflicht haben. Die Staatsanwaltschaft erwägt auf Grund der Ermittlungen in diesem Fall, ein Verfahren gegen alle Bereichsleiter zu eröffnen. Kommen wir zum Täter Benno Troll.

Man darf auch dann nicht einen anderen Menschen töten, wenn man seelisch sehr belastet ist.

Denn ein Tötungsdelikt ist das Schlimmste, das man einem anderen Menschen antun kann. Das die Tat aus einer Extremsituation heraus ausgeführt wurde, mildert den Mordvorwurf, rechtfertigt aber nicht die Tat, die auf das schärfste zu verurteilen ist.

Das Strafmaß von fünf Jahren für den Täter mag von vielen als zu gering angesehen werden.

Legt man aber das gesamte Geschehen zugrunde, kommt man der Gerechtigkeit ein Stück näher.

Benno Troll hat durch das gezielte und vorsätzliche Mobbing, das man sehr konsequent an ihm verübt hat, sein komplettes Umfeld verloren und steht jetzt vor dem Nichts. Entscheidend für die Urteilsfindung durch mich und meine Kollegen der Richterschaft war der Tatbestand, dass der Verurteilte bei seiner Tat reagierte, das heißt er hat sich gewehrt, und war deshalb nicht der Initiator. Das Opfer, Herr Doktor Motzen, hat bei uns einige Fragen offengelassen.

Nach außen hin kennen wir ihn als einen großzügigen Menschen, der durch soziales Engagement vielen von uns geholfen hat. Seine Fähigkeiten, ein so großes

Unternehmen erfolgreich zu führen, sind über die Grenzen unserer Stadt hinaus hinlänglich bekannt.

Und trotzdem muss da etwas in ihm gewesen sein, das ihn bewogen hat, einem anderen Menschen großes Leid zuzufügen.

Dieses Warum oder Wieso werden wir letztlich wohl nie erfahren. In diesem Fall können wir nur Vermutungen anstellen, und selbst die werden immer von einer Restunsicherheit geprägt sein!"

Nach genau neunzig Minuten beendete der Vorsitzende Richter Hans Ruck seinen begründeten Urteilsspruch mit dem Hinweis, das binnen zwei Wochen ein Antrag auf Revision des Urteils gestellt werden könne.

Anschließend verließ er mit seinen Richterkollegen den Gerichtsaal. Die vielen Fotographen mussten sich beeilen, wenn sie noch ein Foto vom Verurteilten Täter Benno Troll bekommen wollten, da er sofort mit zwei Justizbeamten den Raum der Urteilsverkündung verließ.

Als gefragte Interviewpartner standen jetzt nur noch der Oberstaatsanwalt Knoll und Bennos Pflichtverteidiger George Fichtel der übergroßen Presseschar zur Verfügung.

Man konnte zwei große Menschentrauben vor dem alten Schwurgerichtsgebäude sehen, in deren Mitte die beiden sich den vielen Fragen der Journalisten stellten und ausführlich darauf antworteten. Als nach weiteren zwei Stunden keine weiteren Fragen mehr kamen, endete einer der umstrittensten Mordprozesse in Deutschland.

Normalität kehrte aber in der Stadt erst am nächsten Tag wieder ein, als die große Anzahl der Medienberichterstatter den Schauplatz verlassen hatte und zum nächsten Ereignis gezogen war.

Aufzulösen wäre noch das spontane Treffen der Richter mit dem Oberstaatsanwalt, Bennos Pflichtverteidiger und dem Herrn vom Justizministerium kurz vor der Urteilsverkündung.

Alle Beteiligten einigten sich darüber, das in dem speziellen Fall von keiner der beiden Parteien ein Antrag auf eine Revision nach dem Urteil gestellt werden würde.

An diesem Fall erkannte die Politik, das das Thema Mobbing im deutschen Rechtssystem nicht in dem Maße verankert war, wie es seinem Stellenwert entsprach.

Es dauerte aber über drei Jahre, bis der Gesetzentwurf vom Deutschen Bundestag genehmigt wurde.

Benno Trolls Pflichtverteidiger George Fichtel wurde auf Grund seines engagierten Auftretens vor Gericht von der gesamten Kollegenschar eine große Zukunft prophezeit, die er größtenteils erfüllen konnte, seit er in der größten Kanzlei Berlins beschäftigt ist. Benno Troll wurde nach zwei Dritteln seiner Strafe und dem Anrechnen der Untersuchungshaft nach genau drei Jahren aus der Haft entlassen, in denen er noch ein Buch über das Erlebte schrieb, mit dem er sich vor allem ein finanzielles Polster schaffen konnte für die Zeit danach.

Warum Benno seinen Seelenfrieden wieder gefunden hatte, lag aber allein an der Tatsache, das seine geschiedene Frau Bettina den Weg erneut zu ihm gefunden hatte und beide sich zu einer gemeinsamen Zukunft entschlossen hatten.

Der Mobbing-Mord an Doktor Motzen verhalf in den nächsten Jahren vielen Menschen, die in einer ähnlichen Situation wie Benno waren, zu mehr Gerechtigkeit.

Seit der Tat, werden vor den deutschen Gerichten wesentlich mehr Prozesse geführt, dessen Inhalte in irgendeiner Art mit Mobbing in Verbindung gebracht wurden.

PS: Übrigens hatten alle Richter, die an dem Mordprozess Doktor Motzen beteiligt waren, in der Folgezeit ein überdurchschnittliches Vorankommen in ihrem Berufsleben zu verzeichnen.

Lesermeinungen

Das Mobbing-Drama über Benno Troll liest sich wie ein Krimi, eine spannende Geschichte, die einen sofort in ihren Bann zieht, weil dem Leser drastisch bewusst gemacht wird, wie ein Leben von heute auf morgen völlig aus den Fugen geraten kann. Jeden kann es treffen, weil der Mensch als Individuum in unserer Gesellschaft nichts mehr zählt: die Kollegen machen Karriere auf dem Rücken von Benno Troll, der Boulevard schlachtet seine Geschichte aus, um Auflage zu machen und die Politiker sorgen sich in erster Linie darum, dass die Weste des erschossenen Firmenchefs weiß bleibt.

Dem Autor gelingt es, im Leser eine richtige Wut gegen dieses System und seine Vertreter aufzubauen. Die salomonische Entscheidung des Richters mag juristisch korrekt sein, der Leser jedenfalls hätte den Angeklagten freigesprochen.

Wer gute Unterhaltung zu schätzen weiß und dabei den Bezug zu einem ganz alltäglichen Problem unserer Zeit und Gesellschaft aus der Perspektive eines Betroffenen hautnah erleben möchte, der sollte sich diesen Lesespaß gönnen.

Unkompliziert und detailliert werden die armseligen Charaktere und deren fiese Mechanismen in einem

Mobbingnetzwerk beschrieben, das einen Menschen in seiner Verzweiflung zum Äußersten treibt.

Psychische Missbildungen einer geistig verwirrten und mental labilen Mobbingterrorbande ohne Rückgrat werden schonungslos analysiert und die Akteure werden als das entlarvt, was sie sind... primitiv strukturierte, hässliche Charakterfratzen.

Eine Genugtuung für jeden, der schon Erfahrung mit dieser Sorte Menschen mit trostlos morbidem Seelenleben gemacht hat.

Kennen wir das nicht alle? Verleumdet werden von jemandem, der sich einen Vorteil davon erhofft, uns etwas heimzahlen will oder einfach eine linke Bazille ist? Hubert Berger beschreibt auf beinahe kafkaeske Weise einen exemplarischen Fall. Und er tut für den Leser stellvertretend das, was der sicher auch schon mal in Gedanken durchgespielt hat: einen Mobber einfach abknallen zu lassen - in diesem Fall einen intriganten Chef durch einen gequälten Mitarbeiter. Da der Autor, der offensichtlich die entsprechenden Strukturen bestens kennt, dabei ziemlich dick aufträgt (sogar die "Tagesschau" nimmt sich des Falles an), kann das Ganze als satirisch überhöhte Parabel auf unsere Gesellschaft gesehen werden. Die Kernaussage jedoch ist allgemeingültig: Mobbing ist ein anderer Begriff für Seelenverletzung, in Ergänzung zur Körperverletzung...